AF746258

www.ingramcontent.com/pod-product-compliance
Lightning Source LLC
LaVergne TN
LVHW051125051026
849532LV00004BB/1682
* 9 7 8 9 3 5 8 7 2 7 8 9 0 *

جیتی ہوئی بازی

(افسانے)

مصنف:

ظہیر اختر بیدری

© Taemeer Publications LLC

Jeeti huyi Baazi (Short Stories)
by: Zaheer Akhtar Bidari
Edition: November '2023
Publisher :
Taemeer Publications LLC (Michigan, USA / Hyderabad, India)

ISBN 978-93-5872-789-0

مصنف یاناشر کی پیشگی اجازت کے بغیر اس کتاب کا کوئی بھی حصہ کسی بھی شکل میں بشمول ویب سائٹ پر اَپ لوڈنگ کے لیے استعمال نہ کیا جائے۔ نیز اس کتاب پر کسی بھی قسم کے تنازع کو نمٹانے کا اختیار صرف حیدرآباد (تلنگانہ) کی عدلیہ کو ہوگا۔

© تعمیر پبلی کیشنز

کتاب	:	**جیتی ہوئی بازی** (افسانے)
مصنف	:	**ظہیر اختر بیدری**
پروف ریڈنگ / تدوین	:	اعجاز عبید
صنف	:	فکشن
ناشر	:	تعمیر پبلی کیشنز (حیدرآباد، انڈیا)
سالِ اشاعت	:	۲۰۲۳ء
صفحات	:	۹۰
سرورق ڈیزائن	:	تعمیر ویب ڈیزائن

فہرست

تعارف

ظہیر اختر بیدری مشاق اور ہنر مند افسانہ نگار ہیں۔ ان کے افسانے مختصر، خیال افروز اور جامع ہوتے ہیں، زبان و بیان پر انہیں پوری دسترس حاصل ہے۔ ان کے افسانے غیر ضروری عبارت آرائی اور پر شکوہ الفاظ سے بوجھل نہیں ہوتے۔ وہ سیدھے سادے عام فہم اور شگفتہ انداز میں اپنے افسانے کی اس طور تعمیر کرتے ہیں کہ موضوع کے مجروح یا مبہم ہونے کا کسی طور احتمال نہیں رہتا۔ ان کے پاس سماجی شعور اور انقلابی ذہن ہے۔ چنانچہ ان کے افسانوں کی بنیاد اہم سیاسی اور سماجی مسائل ہوتے ہیں اور ان کا مقصد کسی اعلیٰ نصب العین کا حصول ہوتا ہے۔ ان کے فکر و فن کا یہ ایسا وصف ہے جو انہیں اپنے معاصرین سے ممتاز کرتا ہے اور ان کی تخلیقات کو انفرادیت عطا کرتا ہے۔

ان کے افسانوں کے موضوعات میں ندرت خیال کے ساتھ ساتھ بھرپور تنوع ملتا ہے۔ انہوں نے قومی اور بین الاقوامی ہر اہم مسئلہ کو اپنے افسانوں کے لیے مرکزی خیال کے طور پر منتخب کیا ہے اور ان کے وسیلے سے نہایت سلامت روی اور فنکارانہ مہارت کے ساتھ اپنے ترقی پسند نظریات کا اظہار اور ابلاغ کیا ہے۔

(شوکت صدیقی)

(۱) تاجر

چودھری اشرف کے خاص کارندے شوکت کو چودھری صاحب کا نیا حکم بڑا کٹھن لگ رہا تھا۔ اس نے ڈرتے ڈرتے چودھری صاحب سے گزارش بھی کی تھی کہ یہ کام بڑا کٹھن ہے لیکن چودھری صاحب نے جھڑکتے ہوئے کہا تھا:

او شوکتے تجھے پتہ ہے کہ ہم نا سننے کے عادی نہیں۔ ناکا مطلب موت ہوتا ہے۔۔۔ تو اچھی طرح جانتا ہے۔۔۔ روپے پیسے کی تجھے تنگی نہ ہوگی بس ایک مضبوط ٹیم کا انتظام کرنا۔۔۔ لیکن اس ٹیم میں ایسے وفادار لوگ ہونا چاہئیں جو جان دے دیں پر منہ نہ کھولیں۔

شوکت برسوں تک چودھری صاحب کے لیے خوبصورت اور جوان لڑکیاں فراہم کرتا رہا۔ یہ کام اسے کبھی اس لیے کٹھن نہیں لگا کہ مہینے بھر میں چار چھ لڑکیاں فراہم کرنا شوکت جیسے بااختیار اور چودھری اشرف کے خاص کارندے کے لیے کوئی مشکل کام نہ تھا لیکن چودھری صاحب کے نئے حکم کے مطابق ہر ہفتے دس پندرہ انتہائی کم عمر لڑکیوں کی فراہمی۔۔۔ اس نے چودھری صاحب سے ہاتھ جوڑ کر دو ہفتے کی مہلت مانگی تھی۔ اس کے ذہن میں رہ رہ کر یہ سوال سر اٹھا رہا تھا کہ چودھری صاحب تو بھارت دشمنی میں مشہور ہیں۔ سارے اخبارات ہندستان کے خلاف ان کے بیانات اور انٹرویو سے بھرے رہتے ہیں لیکن وہ اب ممبئی کے ایک سیٹھ کو لڑکیاں فراہم کریں گے اور وہ سیٹھ ان کے بدلے میں چودھری صاحب کو حج سیزن میں ہزاروں کی تعداد میں انتہائی کم قیمت پر جانور

فراہم کرے گا۔

شوکت کے ذہن میں کل سے ایک عجیب ہلچل مچی ہوئی تھی۔ کئی بار اس نے سوچا کہ وہ چودھری کی ملازمت چھوڑ دے لیکن ملازمت چھوڑنے کا مطلب موت کو دعوت دینا تھا۔ وہ چودھری صاحب کا سترہ برسوں سے پرائیویٹ سیکریٹری چلا آرہا تھا۔ ان سترہ برسوں میں وہ چودھری کے بہت سے ناجائز کام کر چکا تھا۔ خوبصورت لڑکیوں کو اٹھانا، منہ زور کسانوں کو مروانا، اس کی ڈیوٹی میں شامل تھے لیکن ---- ممبئ کے ایک ہندو سیٹھ کے لیے ہر ہفتے دس پندرہ لڑکیاں فراہم کرنا---- یہ بات اس کے حلق سے نہیں اُتر رہی تھی۔ چودھری نے شراب کے نشے میں حساب جوڑ کر کہا تھا۔

شوکتے---- سیٹھ گھنشام داس نے بتایا ہے ہر سال بھارت میں لاکھوں مویشی فالتو ہو جاتے ہیں اور چارہ نہ ملنے کی وجہ سے مر جاتے ہیں---- سالے ہندو گاؤ ماتا گاؤ ماتا کرتے رہتے ہیں۔ شوکت بقر عید پر ہمیں جتنے جانوروں کی ضرورت ہوتی ہے ہمارے پاس اتنے جانور نہیں ہوتے---- ہندستان اور پاکستان کے درمیان سرکاری طور پر تجارت بند ہے---- پھر---؟ شوکت ہر سال لاکھوں مویشی جن کی ہم قربانی کرتے ہیں وہ اسمگل ہو کر ہندستان ہی سے آتے ہیں جو لوگ اس دھندے میں ہیں وہ بڑا مال کما رہے ہیں۔ سیٹھ گھنشام داس نے مجھے حساب جوڑ کر بتایا ہے۔ ایک گائے یا بیل پر ہم کو کم از کم پانچ ہزار کی نیٹ بچت ہو گی۔ اگر ایک سیزن میں دس ہزار جانور بھی ہم فروخت کریں تو---- تو تو جانتا ہے ہمیں کتنی آمدنی ہو گی؟

دس کروڑ---- روپیہ---- یہ تو کم سے کم اندازہ ہے کراچی میں ایک ایک جانور پندرہ پندرہ بیس بیس ہزار کا فروخت ہوتا ہے---- ہمیں ایک ایک جانور پر دس دس ہزار روپئے بھی منافع مل سکتا ہے۔

شوکت کو پتہ تھا کہ چودھری کے کسی حکم سے انکار تو ممکن ہی نہیں لیکن یہ بہت بڑا کام تھا۔ اس کے لیے اسے ایک پورا نیٹ ورک بنانا تھا۔ سو اس نے اپنے خاص خاص کارندوں کا ایک خفیہ اجلاس بلا کر جب انھیں چودھری صاحب کے اس نئے حکم سے آگاہ کیا تو سب کے چہروں پر ہوائیاں اڑنے لگیں۔

دیکھو بھئی۔ اول تو یہ بات سمجھ لو کہ اس میں اگر مگر کی کوئی گنجائش نہیں دوسرے چودھری صاحب نے اس دھندے میں شامل لوگوں کے لیے بڑے انعام دینے کا وعدہ کیا ہے۔۔۔ چھ گھنٹے کی طویل نشست میں چودھری صاحب کے اس نئے حکم پر عمل در آمد کے لیے تین ٹیمیں بنائی گئیں۔ ایک ٹیم کی ذمہ داری جانوروں کی در آمد اور ملک کی مختلف منڈیوں تک ان کی ترسیل تھی۔ دوسری ٹیم کی ذمہ داری چودھری صاحب کی جاگیر سے کمسن لڑکیوں کا اغواء یا خریداری تھی اور تیسری ٹیم کی ذمہ داری ملک کے دوسرے غربت زدہ علاقوں سے لڑکیوں کی خرید تھی۔ لڑکیوں کو سیٹھ کی بارڈر سے ملحقہ زمین پر جمع کرنا تھا۔ چوں کہ اس کام کے لیے پیسہ وافر مقدار میں موجود تھا پھر قانونی تحفظ حاصل تھا۔ لہٰذا تینوں ٹیموں نے اپنی اپنی ذمہ داریاں احسن طریقے سے پوری کرنے کا شوکت سے وعدہ کر لیا۔ لیکن شوکت سمیت ہر ایک کے ذہن میں ایک کانٹا ضرور چبھ رہا تھا کہ ہندستان دشمنی کے حوالے سے عوام میں مقبول چودھری اشرف ممبئی کے ایک ہندو سیٹھ کو لڑکیاں فراہم کرنے جا رہا تھا لیکن ساتھ ہی ساتھ ان سب کے ذہنوں سے ایک کانٹا اس موقع پر نکل بھی گیا جو برسوں سے چبھ رہا تھا۔ جب بھی وہ چودھری اشرف کے لیے کوئی لڑکی لاتے تو ان کے ذہن کے کسی روشن گوشے سے آواز آتی۔۔۔ دلال۔۔۔ دلال۔۔۔ دلال۔ آج ان کے ذہنوں سے یہ کانٹا اس لیے نکل گیا کہ آج وہ سب محسوس کر رہے تھے کہ وہ تو بہت چھوٹے اور مجبور دلال ہیں۔۔۔ چودھری

شوکت۔۔۔ تو بہت بڑا دلال ہے۔۔۔ ہاہاہا جب سب لوگ چلے گئے تو شوکت پاگلوں کی طرح ہنسنے لگا۔۔۔ وہ ہمیشہ چودھری اشرف کے مقابلے میں اپنے آپ کو ایک کمتر ترین بلکہ ذلیل ترین انسان سمجھتا تھا۔ لیکن آج اسے چودھری اشرف اس سے ہزار گنا زیادہ کمتر اور ذلیل نظر آرہا تھا۔

چودھری اشرف کے حکم پر اس نے اب تک جتنے بے گناہ کسانوں اور غریب لوگوں کو قتل کرایا تھا۔ اس کا بوجھ البتہ اس کے ذہن سے ابھی تک نہیں ہٹا تھا۔ لیکن وہ اپنے آپ کو مطمئن کرنے کے لیے ہمیشہ یہی کہتا۔ اگر میں چودھری کا حکم نہ مانوں تو پھر موت کے علاوہ کوئی اور رستہ ہی نہیں بچتا اس کے پانچ چھوٹے چھوٹے بچے تھے جن میں دو لڑکیاں بھی تھیں جن کی پرورش اس کے ذمے تھی۔۔۔ اسے اپنے بچوں سے بہت محبت تھی۔۔۔ اور اس محبت کے لیے وہ جو قیمت ادا کر رہا تھا اگرچہ کہ وہ بہت بھاری تھی لیکن۔۔۔ اس کے پاس اس کے علاوہ اور کوئی آپشن موجود ہی نہ تھا۔ جب زندہ رہنے کے لیے ایک ہی راستہ ہو اور زندہ رہنا ضروری بھی ہو تو پھر آدمی کیا کرے!!

چودھری اشرف گیلانی کا شمار پنجاب کے بڑے جاگیرداروں میں ہوتا تھا۔ وہ ہر الیکشن میں اپنے علاقے سے بہت بھاری اکثریت سے جیتتا تھا۔ جب ملک مارشل لاؤں کے زیر تسلط رہتا تو اس وقت بھی وہ پاور کاری ڈور ہی میں گھومتا نظر آتا۔ چودھری اشرف کی جاگیر پندرہ سولہ گاؤں پر مشتمل تھی ملک میں اب تک کئی زرعی اصلاحات نافذ ہوئے تھے۔ لیکن صوبائی اور مرکزی ایڈمنسٹریشن میں اس کی رسائی اس قدر موثر تھی کہ اس نے نہ صرف ہر بار اپنی زمینیں بچالی تھیں بلکہ اب وہ لاہور اور کراچی میں کئی کارخانے بھی لگا چکا تھا۔ چودھری اشرف موروثی جاگیردار تھا۔ شخصی حکمرانوں کے دور میں خاص طور پر مغلوں کے دور میں اس کے آباؤ اجداد نے مغل بادشاہوں کی خدمت کی اور

امراء سلطنت میں شامل رہے اور جب ہندستان پر انگریزوں نے قبضہ کیا تو اس کے دادا کو انگریزوں کی خدمات کے عوض جاگیریں عطا ہوئیں۔ وہ اپنے احباب میں اپنی مونچھوں پر تاؤ دیتے ہوئے کہتا "میں کوئی نو دولتیا نہیں ہوں میں پشتینی جاگیر دار ہوں۔"

چودھری اشرف کی ایک اور وجہ شہرت اس کی ہندستان دشمنی تھی۔ وہ پارلیمنٹ میں بھارت کے خلاف بڑی دھواں دھار تقاریر کرتا تھا اور ہمیشہ یہ بات دہراتا کہ کشمیر کو صرف جہاد کے ذریعہ ہی حاصل کیا جاسکتا ہے۔۔۔۔ چودھری اشرف کا منجھلا بیٹا فوج میں ایک اعلیٰ عہدے پر فائز تھا لیکن چودھری اشرف اپنے تعلقات کی وجہ سے اپنے بیٹے کی پوسٹنگ ہمیشہ محفوظ جگہ پر کرادیتا تھا۔ اس کا دوسرا بیٹا ڈپٹی کمشنر تھا جو اس کی وسیع و عریض جاگیر میں رہنے والے نادار کسانوں کو پوری طرح اپنے کنٹرول میں رکھتا تھا۔ اب چودھری نے اپنے سب سے چھوٹے لڑکے کو جو ایم بی اے تھا کارخانوں کی دیکھ بھال پر لگا دیا تھا اور بھی اس کے دوسرے تمام بھانجے، بھتیجے، سب اعلیٰ سول عہدوں پر فائز تھے۔ انکی دو بیٹیوں میں ایک سپریم کورٹ کی مشہور بیرسٹر تھیں۔ دوسری اس کے اپنے ضلع کی عدالت کی جج۔۔۔۔ اس طرح ہر طرف سے اپنے ووٹروں پر اس کی گرفت اتنی مضبوط تھی کہ اس کی جاگیر میں رہنے والے کسی بندے میں دم مارنے کی جرأت نہ تھی۔

چودھری اشرف کی لاہور اور کراچی میں بڑی عالیشان کوٹھیاں تھیں اس کے علاوہ لندن، پیرس اور نیویارک وغیرہ میں بھی اس کے قیمتی اپارٹمنٹ تھے جہاں وہ اور اس کی اولاد سال میں دو تین بار تفریح کے لیے چلی جاتی تھی۔ چودھری اشرف نے اپنی زمینوں پر بھی جس کا ایک حصہ ہندستان اور پاکستان کی باڈر پر تھا بڑے خوبصورت ریسٹ ہاؤس تعمیر کر رکھے تھے۔ جب تک چودھری اشرف جوان تھا اس کا زیادہ وقت ان ریسٹ ہاؤسوں ہی میں گزرتا تھا۔ جہاں اس کے خاص کارندے ہر روز اسے جاگیر کے مختلف

علاقوں سے حسین ترین لڑکیاں فراہم کرتے تھے۔ اب وہ چوں کہ پچاس پچپن کے پیٹھے میں تھا اور اسکے نوجوان صاحبزادگان کو ریسٹ ہاؤس کی زیادہ ضرورت پڑ رہی تھی لہٰذا اب وہ اپنا زیادہ وقت لاہور کی کوٹھی ہی میں گزارتا تھا۔

اس سال گرمیوں میں وہ جب پیرس میں گرمیاں گزارنے کے لیے جارہا تھا تو وہ پی آئی اے کے ذریعہ پہلے ممبئ پہنچا۔ پھر وہاں سے انڈین ایئر لائن کے ذریعہ پیرس کے لیے روانہ ہوا۔ اس کے ساتھ عموماً اس کا انتہائی وفادار سیکریٹری شوکت ہوا کرتا تھا۔ انڈین ایر لائن کی جس ایئر بس سے وہ سفر کر رہا تھا اس میں اتفاق سے اسے جو نشست ملی اس کی ایک سیٹ پر ممبئ کے ایک بہت بڑے صنعت کار سیٹھ گھنشام داس بیٹھے ہوئے تھے۔ جب آپس میں ایک دوسرے کا تعارف ہوا تو بہت جلد دونوں گھل مل گئے۔ چوں کہ دونوں کا تعلق بالا دست کلاس ہی سا تھا لہٰذا دونوں کو بے تکلف ہونے میں دیر نہ لگی۔ سیٹھ گھنشیام داس کا ذہن تو چوبیس گھنٹے کسی نہ کسی نئے کاروبار کے بارے میں سوچتا رہتا تھا۔ لیکن جب سے چودھری اشرف نے لاہور اور کراچی میں ٹیکسٹائل اور گھی کے کارخانے لگائے تھے اس کا ذہن بھی مزید دولت کے حصول کے لیے تدبیریں سوچتا رہتا تھا۔

دوران گفتگو سیٹھ گھنشیام داس نے ایک ایسی تجویز پیش کی کہ چودھری پہلے تو ذرا چونکا لیکن جب سیٹھ گھنشیام داس نے اس کاروبار سے ہونے والے منافع کا سرسری تخمینہ بتایا تو چودھری اشرف کی باچھیں کھل گئیں۔

چودھری اشرف نے جب ہنستے ہوئے کہا۔

سیٹھ جی آپ لوگ تو گائے کو گاؤ ماتا کا درجہ دیتے ہیں پھر۔۔۔

ارے چودھری صاحب یہ سارے ٹنٹے غریب لوگوں کے ہوتے ہیں۔ گاؤ ماتا،

دھرتی ماتا رام کرشن بھگوان اور مندر غریب لوگوں کے دین دھرم کے مسئلے ہیں۔ وہی ان میں الجھے رہتے ہیں۔ حتیٰ کہ ان مسائل پر جان دینے اور جان لینے سے بھی گریز نہیں کرتے کیوں کہ سورگ یعنی جنت کا خواب ہی ان کا مقصد حیات ہوتا ہے۔ جن لوگوں کے لیے دنیا ہی سورگ سے زیادہ خوبصورت ہو ان کو تصوراتی سورگ سے بھلا کیا دلچسپی ہو سکتی ہے۔ یہ کہہ کر گھنشیام داس نے ایک زور کا قہقہہ لگایا۔ اعلیٰ قسم کی وسکی کے گلاس دونوں کے ہاتھوں میں تھے۔

چودھری صاحب اپن تو بزنس مین ہے۔۔۔ اپن کو تو ہر وقت یہ خیال رہتا ہے کہ کون سے آئیٹم میں زیادہ پرافٹ ہے۔۔۔ بھارت ایک بہت بڑا دیش ہے۔ جہاں لاکھوں کروڑوں کی تعداد میں فالتو گائے، بیل موجود ہیں۔ اگرچہ کہ اب اپنے دیش میں بھی گوشت کی مانگ میں اضافہ ہو رہا ہے لیکن آپ کے ملک میں ہر سال حج کے سیزن میں جتنے بڑے پیمانے پر جانوروں کی ضرورت ہوتی ہے۔ اس ضرورت میں آپ کا ملک تو خود کفیل نہیں۔ البتہ ہم آپ کی یہ ضرورت پوری کر سکتے ہیں۔ ممبئ میں میرا ایک فائیو اسٹار ہوٹل ہے۔۔۔ جو عرب ملکوں کے بوڑھے شیخوں سے بھرا رہتا ہے۔ ان شیخوں کی جیبیں ریال، درہم، و دینار سے بھری رہتی ہیں۔ یہ بڑے دیندار لوگ ہوتے ہیں۔ اپنے قیام کے دوران کئی کئی کم سن لڑکیوں سے نکاح کرتے ہیں اور انھیں طلاق دیتے رہتے ہیں ۔ اپنے دیش میں بھی غربت بہت زیادہ ہے۔ لڑکیوں کی کمی نہیں لیکن یہ دین دھرم کا لفڑا ہر وقت سامنے آتا ہے۔ شیخوں کو مسلمان لڑکیاں خاص طور پر پنجاب کا حسن بہت پسند ہے۔۔۔ آپ کی جاگیر اتنی بڑی اور غربت اتنی زیادہ ہے کہ آپ جتنی چاہے لڑکیاں ہمیں فراہم کر سکتے ہیں۔ ہم آپ کو حج سیزن میں جانور دیں گے۔ آپ ہمیں اس کے بدلے کم عمر لڑکیاں دیں۔۔۔ اس دھندے میں کوئی مشکل اس لیے پیش نہیں آئے گی

کہ آپ کی زمین ہمارے بارڈر پر ہے۔ بارڈر کے دوسرے حصے کا مسئلہ میں سنبھال لوں گا۔۔۔ کراری کرنسی کی گڈیوں میں بڑی طاقت ہوتی ہے۔۔۔ اس طرح سیٹھ گھنشیام داس اور چودھری کے درمیان ایک معاہدہ ہو گیا۔ خالص کاروباری معاہدہ۔

پیرس سے واپسی پر چودھری اشرف سیٹھ گھنشیام داس سے کئے گئے۔ معاہدہ پر عمل درآمد کے مختلف پہلوؤں پر غور کرتا رہا۔۔۔ اس کے ذہن میں آیا کہ یہ ایک بہت بڑا کاروبار ہے کسی قابل اعتماد دوست کو اس میں شریک کرے لیکن ایک تو کاروبار کی نوعیت کچھ اس طرح کی تھی کہ کسی اور کو اس میں شریک کرتے ہوئے ایک قسم کی شرمندگی اور ہچکچاہٹ سی محسوس ہو رہی تھی دوسرے اس کے ذہن میں بار بار یہ خیال بھی آرہا تھا کہ اگر وہ کسی اور کو اس کاروبار میں شریک کرتا ہے تو پھر منافع کا آدھا حصہ اسے بھی دینا پڑے گا۔۔۔ جب کہ اس کا لالچی ذہن اس سارے منافع کو خود ہڑپ کر نے پر اکسا رہا تھا۔

شوکت کی نگرانی میں تینوں ٹیموں نے بڑی ہوشیاری سے اپنی اپنی ذمہ داریاں پوری کرنی شروع کیں۔ ایک سال کے دوران لگ بھگ چار سو لڑکیاں سیٹھ گھنشیام داس کو فراہم کی گئی تھیں اور حج سیزن میں سیٹھ گھنشیام داس نے معاہدے کے مطابق دس ہزار مویشی فراہم کئے تھے جن میں گائے بھی تھیں بیل بھی۔ چودھری اشرف شوکت اور اس کی ٹیموں کی کارکردگی سے بہت مطمئن اور خوش تھا۔ اس نے خوش ہو کر سب کو اتنا انعام دیا کہ زندگی میں کبھی اتنی رقم انھیں انعام کے طور پر نہ ملی تھی اور خاص بات یہ تھی کہ شوکت سمیت ٹیم کے ہر رکن کو چودھری اشرف نے بقرعید قربانی کے لیے ایک ایک جانور بھی انعام میں دیا تھا۔

چودھری اشرف نے اپنی بارڈر والی زمین کی خوبصورت کوٹھی میں سیٹھ گھنشیام

داس کی ایک شاندار دعوت کی۔۔۔ سیٹھ گھنشیام داس اس دعوت کو زیادہ رنگین بنانے کے لیے ممبئی سے خوبصورت اور مشہور ڈانسر لڑکیوں کا ایک طائیفہ لایا تھا۔ کوٹھی میں جشن کا سماں تھا۔ شراب شباب کی فراوانی تھی۔ اس نئے کاروبار کی پہلی سالگرہ پر چودھری اور سیٹھ گھنشیام داس نے اپنے اپنے جام ٹکرائے اور جشن کے اختتام پر اگلے سال کے پروگرام پر غور کرنے میں مصروف ہو گئے۔

(۲) کجری

میں آفس جاتے ہوئے ہر روز ایک ٹریفک سگنل پر رکتا ہوں۔ مہینوں میں کبھی ایک آدھ بار ایسا ہوتا ہے کہ سگنل کھلا ہوا ملتا ہے۔ ورنہ اس سگنل پر مجھے ہر روز چند منٹ رکنا پڑتا ہے۔ دوسرے ٹریفک سگنلوں کی طرح اس ٹریفک سگنل پر بھی اخبار بیچنے والے ہاکر، بھیک مانگنے والے لوگ جن میں مرد عورت لڑکے، لڑکیاں شامل ہوتی ہیں اور کچھ لڑکے گاڑیاں صاف کرنے کے ڈسٹر بیچتے ہوئے نظر آتے ہیں۔ یہ سلسلہ برسوں سے چل رہا ہے مجھے اتنا تو یاد رہتا ہے کہ اس سگنل پر اخباری ہاکر، ڈسٹر بیچنے والے لڑکے اور بھیک مانگنے والوں کو میں روز دیکھتا ہوں لیکن اگر آپ مجھ سے یہی کہیں کہ ان میں سے کسی ایک کو یاد رکھوں تو ایسا اس لیے ممکن نہیں کہ میں دوسروں کی طرح اور انسانی فطرت کے مطابق بس ان سب پر ایک سرسری نظر ہی ڈالتا ہوں کسی کو اتنی توجہ کے ساتھ نہیں دیکھتا کہ اس کا چہرہ میرے ذہن پر نقش ہو جائے۔ لیکن پچھلے ماہ اچانک ڈسٹر بیچنے والے لڑکوں کے ساتھ میں نے ایک نوجوان لڑکی کو دیکھا جو تیزی سے گھوم پھر کر ڈسٹر بیچ رہی تھی۔ لڑکی کی عمر کوئی 13-14 سال ہوگی۔ دھان پان سا بدن، لانبا قد، کھڑی ناک کے ساتھ کھڑا چہرہ، رنگ ہلکا سانولا، آنکھیں چھوٹی لیکن سگنل کی بتیوں کی طرح جلتی بجھتی۔ بدن پر بہت معمولی سے کپڑے چہرے پر ہلکی مسکراہٹ۔ میرا خیال ہے کہ میں نے ہی نہیں بلکہ اس روز اُدھر سے گزرنے والے ہر شخص نے خواہ وہ کار پر جا رہا ہو یا بائیک پر چونک کر اس لڑکی کو دیکھا ہوگا۔ لوگ لڑکی کو اس لیے نہیں دیکھ رہے تھے کہ وہ کوئی بہت خوبصورت تھی بلکہ اس لڑکی کو چونک کر اور بڑے غور اور بڑی توجہ سے دیکھنے

کی ایک وجہ تو یہ تھی کہ عموماً ٹریفک سگنلوں پر اس عمر کی لڑکیاں کہیں کہیں ہی نظر آتی ہیں۔ دوسری وجہ یہ تھی کہ اس لڑکی میں ایک عجیب سی کشش تھی۔ خاص طور پر اس کی آنکھوں میں جو بتیاں جلتی بجھتی نظر آتی تھیں وہ ہر ایک کی توجہ کو اپنی طرف مرکوز کر لیتی تھیں۔ لوگ چند لمحوں کے لیے ہی صبح ہر روز جب ایک دوسرے کو دیکھتے ہیں تو ان کے درمیان ایک عجیب سی مانوسیت پیدا ہو جاتی ہے۔ اس سگنل پر بھی اخباری ہاکروں ، بھیک مانگنے والوں اور گاڑیوں کے ڈسٹر بیچنے والوں سے میں ایک حد تک مانوس تھا لیکن جیسا کہ میں پہلے ہی بتا دیا ہے کہ کسی کی طرف چوں کہ پوری توجہ اور دلچسپی سے نظر نہیں جاتی تھی لہٰذا ان کے چہرے یاد رکھنا یا انھیں کسی دوسری جگہ پر شناخت کر لینا مشکل تھا۔ لیکن اس لڑکی کو پہلے ہی دن غالباً اس سگنل سے گزرنے والے بیشتر لوگوں نے اتنی توجہ اور دلچسپی سے دیکھا ہو گا کہ ذہن پر اس کا چہرہ نقش ہو جائے۔ میں آفس میں بیٹھے بیٹھے بڑی دیر تک سوچتا رہا کہ آیا اسے مرد کی کسی۔۔۔ کمزوری کا نام دیا جائے یا عورت کی کسی خوبی یا خصوصیت کہا جائے کہ وہ کسی بھی نوجوان لڑکی کو اس قدر توجہ سے دیکھتا ہے کہ اس کا چہرہ یاد رہ جاتا ہے۔ پھر میں آفس کے کاموں میں مصروف ہو گیا۔

دوسرے دن، تیسرے دن، چوتھے دن تقریباً ہر روز ہی اس لڑکی کا سامنا ہو جاتا تھا لیکن میں نے محسوس کیا کہ اب اس میں پہلے روز والی چونکا دینے والی بات نہ تھی اب وہ روز کے معمولات کا ایک حصہ بن گئی تھی۔ لیکن یہ بات بہر حال عجیب سی تھی کہ جب بھی میں سگنل کے قریب پہنچتا میری نظریں بے تابی سے اسے تلاش کرتی تھیں اور جب وہ مجھے کاروں ، موٹر بائکوں کے ہجوم میں ڈسٹر بیچتے نظر آ جاتی تو میری بے تابی ختم ہو جاتی۔ دو تین منٹ میں میں سنگل سے گزر جاتا اور پھر اگلے روز تک میں اسے بھول جاتا۔ سگنل پر پہنچتے ہی مجھے اس کی تلاش کیوں رہتی۔ یہ سوال اکثر میرے ذہن میں آیا لیکن

ہمیشہ اس کا جواب یہی ملا کہ نہ تو میں اس کے عشق میں گرفتار ہوا ہوں نہ اسے کسی خاص جنسی تسکین یا آنکھوں کی ٹھنڈک کے لیے دیکھتا ہوں۔ بلکہ جب میں نے زیادہ گہرائی میں جا کر اپنی اس بے قراری کا جائزہ لیا تو پتہ چلا کہ میری بے قراری کی اصل وجہ یہ تھی کہ میں اسے اس سگنل پر انتہائی غیر محفوظ سمجھتا ہوں۔ اس کی حالت مجھے ایک ایسی اندھی لڑکی کی نظر آتی جو بغیر کسی سہارے کے ٹریفک کے ہجوم میں سڑک پار کرنے کی کوشش کر رہی ہو۔ مجھے ہر وقت یوں محسوس ہوتا کہ اب وہ کسی بس یا ویگن کے نیچے آجائے گی۔ یہ ایک عجیب سا شعوری خوف تھا جس سے میں دوچار تھا مجھے ایسا لگتا ہے کہ اس لڑکی نے بھی مجھے سگنل پر پہنچتے بے قراری سے اسے تلاش کرتے محسوس کر لیا تھا۔ غالباً یہی وجہ تھی کہ اب وہ مجھے دیکھتے ہی ذرا سا چونک جاتی تھی۔ ہم دونوں کی عمروں میں اتنا تفاوت تھا کہ کسی لڑکی کو یہ خدشہ نہیں ہو سکتا تھا کہ اس تلاش کے پیچھے کوئی ہوس یا نا آسودہ خواہش ہو لیکن چوں کہ لڑکی بالکل اَن پڑھ اور اپنے ارد گرد خطرات سے ناواقف معلوم ہوتی تھی۔ اس لیے میری اس تلاش کے پس منظر میں موجود خوف کو تو نہیں جان سکتی تھی البتہ یہ بہر حال ممکن تھا کہ وہ مجھے بھی ایک نظر باز سمجھ لے۔۔۔ اس نے میرے بارے میں جو بھی رائے قائم کی ہو ایک بات بہر حال عیاں تھی کہ اس سگنل سے گزرنے والے دوسرے مسافروں کے مقابلے میں، میں نسبتاً اس کی توجہ کا زیادہ مرکز بن گیا تھا۔۔۔ جس کا اظہار اس کی آنکھوں سے ہوتا تھا۔

اس سگنل پر دو تین ٹریفک سارجنٹس کے علاوہ ٹریفک کے کئی سپاہی بھی موجود ہوتے تھے جو ٹریفک کنٹرول کرنے میں لگے رہنے کی وجہ سے اس لڑکی کی طرف کم متوجہ نظر آتے تھے لیکن مجھے یقین تھا کہ سارجنٹس سمیت تمام سپاہیوں کی توجہ پوری طرح اس نئی لڑکی پر مرکوز تھی۔ پھر اخباری ہاکراں، بھیک مانگنے والوں اور ڈسٹر بیچنے والوں

میں 17-18 سے 20-22 برس کے ایسے نوجوان موجود تھے جن کا اس لڑکی میں دلچسپی لینا ایک فطری بات تھی۔ مجھے پتہ نہیں کیوں ہر وقت یہ دھڑکا لگا رہتا کہ لڑکی اب گئی کہ جب گئی۔ اس لڑکی کی طرف اپنی مخصوص توجہ کی ایک اور وجہ یہ تھی کہ میں نے اس کی آنکھوں میں اس کے چہرے پر ایسی مسکراہٹ نہیں دیکھی تو جو عموماً اس عمر کی ایسی بے فکری لڑکیوں کی آنکھوں اور چہرے پر نظر آتی ہے۔ اس کی جگہ میں نے ہمیشہ اس کے چہرے پر ایک خوف ایک کرب کی ملی جلی پرچھائی ہی دیکھی تھی مجھے ہمیشہ ایسا محسوس ہوا کہ میں اس کے لیے اپنے دل میں جو خوف محسوس کرتا ہوں اس کے دل میں بھی اپنے بارے میں اسی قسم کا کوئی خوف موجود ہے۔ اس خوف کی موجودگی کا بڑا معقول جواز تھا۔۔۔ جس شہر میں گھروں کی چہار دیواریوں میں رہنے والی لڑکیاں اسکول اور کالج جانے والی لڑکیاں محفوظ نہ ہوں اس شہر میں ایک ٹریفک سگنل پر تنہا بے سہارا گاڑیوں کے ڈسٹر بیچنے والی ایک انتہائی کم عمر اور کسی حد تک پرکشش لڑکی بھلا کس طرح اپنے آپ کو محفوظ سمجھ سکتی ہے۔

دن گزرتے رہے۔ ہفتے دنوں میں اور دن مہینوں میں بدلتے گئے۔ ایک دن جب میں اپنے مقررہ وقت پر اپنی مقررہ جگہ پر پہنچا تو لڑکی مجھے کہیں نظر نہ آئی۔ مجھے ایک تشویش سی ہونے لگی۔ میری نظریں ٹریفک کے ہجوم میں اسے تلاش کرتی رہیں لیکن وہ نظر نہ آئی۔ باربار ذہن میں یہ خیال آرہا تھا کہ۔۔۔ اس کے ساتھ وہ کچھ ہو گیا جس سے میں خوفزدہ تھا۔ سگنل کھلا لیکن میں رکا رہا۔۔۔ میں چاروں طرف دیکھ رہا تھا کہ شائد وہ گاڑیوں کے ہجوم میں کہیں پھنس گئی ہو۔۔۔ لیکن ایسا نہیں تھا۔۔۔ وہ درحقیقت اس دن وہاں موجود نہ تھی۔ میں اپنے وسوسوں کو دور کرنے کے لیے کسی ہاکر لڑکے سے اس کے بارے میں پوچھنا چاہتا تھا لیکن میری ہمت ہی نہیں پڑھ رہی تھی۔ پھر میں کس

حوالے، کس رشتے سے اس کے بارے میں پوچھتا۔۔۔ جو حوالہ جو رشتہ اس لڑکی کے لیے میرے دل میں موجود تھا وہ اس معاشرے میں کہیں نظر نہ آتا تھا۔ ایسی صورت میں کسی ہاکر سے اس لڑکی کے بارے میں دریافت کرنا اپنے آپ کو بدنام کرنے کے علاوہ کیا معنی رکھتا تھا، سو میں عجیب سی بے چینی کے ساتھ دوسری بار ٹریفک کھلنے پر اس چوراہے سے گزر گیا۔ لیکن آفس میں بھی مجھ پر ایک عجیب قسم کی بے چینی طاری تھی اور گھر پر بھی یہی حال رہا۔ حتیٰ کہ رات کو میں ٹھیک طرح سے سو بھی نہ سکا۔ میں رات بھر بے چینی سے صبح کا انتظار کرتا رہا۔ کئی بار مجھے اپنی اس حماقت اور نامعقولیت پر غصہ بھی آیا لیکن یہ غصہ جلدی ہی غائب ہو گیا اور اس کی جگہ تشویش نے لے لی۔ اذان ہوئی تو تھوڑا سا اطمینان ہوا کہ چلو صبح ہو گئی۔ ناشتہ کے بعد اپنے مقررہ وقت تک اخبار وغیرہ دیکھتا رہا لیکن اخبار کے ہر صفحے پر کمبخت وہی لڑکی اپنی اداس اور خوفزدہ مسکراہٹ کے ساتھ نظر آتی رہی۔

خدا خدا کر کے جب میں سگنل پر پہنچا تو۔۔۔ ٹریفک کے ہجوم میں وہ لڑکی مجھے نظر آئی۔ خدا جانے اس نے میری پریشانی کو بھانپا۔۔۔ یا میرے چہرے پر پائی جانے والی تشویش اسے نظر آئی۔۔۔ اس کی نظر جیسے ہی مجھ پر پڑی وہ گاڑیوں کے ہجوم سے نکل کر فٹ پاتھ پر آئی۔۔۔ اور سر جھکا کر کھڑی ہو گئی۔ میں نے غور سے اس کی طرف دیکھا مجھے ایسا محسوس ہوا کہ وہ اپنی آنکھوں کو مجھ سے چھپانے کی کوشش کر رہی ہے۔۔۔ کیا وہ ڈر رہی تھی کہ کل غیر حاضری کا سبب میں اس کی آنکھوں میں دیکھ لوں گا یا وہ اپنے آنسوؤں کو مجھ سے چھپانا چاہتی تھی؟ نہ مجھ میں اس سے کوئی سوال کرنے کی ہمت تھی اور نہ غالباً وہ اپنے آپ میں ایسی ہمت پا رہی تھی کہ وہ مجھ سے اپنے کسی دکھ کا اظہار کرے۔ سگنل کھلا۔۔۔ ہر چند کہ میں کچھ دیر اور وہاں رکنا چاہتا تھا۔ لیکن اس کا کوئی جواز نظر

نہیں آرہا تھا۔۔۔ سو میں آگے بڑھ گیا لیکن جاتے جاتے دوبار میں نے اس کی طرف پلٹ کر دیکھا۔ وہ بھی میری طرف دیکھ رہی تھی۔ یہ پہلی بار ایسا ہوا تھا کہ وہ محسوس کرنے کی حد تک میری طرف ملتفت تھی۔ اس کی اس توجہ اور اس کی آنکھوں میں پائی جانے والی اداسی نے مجھے اور زیادہ الجھن میں ڈال دیا۔ یہ بات بہر حال میری سمجھ میں آرہی تھی کہ وہ کسی نہ کسی مصیبت میں گرفتار ہے۔ میں اس کی مشکل معلوم کرنا چاہتا تھا اور شائد اس کی مدد کرنا بھی چاہتا تھا اس کی آنکھوں سے ایسا محسوس ہوتا تھا کہ وہ بھی مجھے اپنے دکھوں سے واقف کرنا چاہتی ہے اور شائد مجھ سے کسی قسم کی مدد کی بھی طلب گار ہو۔۔۔ لیکن ہم دونوں کے بیچ اجنبیت کی ایک دیوار حائل تھی۔ رائج الوقت اخلاق کے تقاضے جو ہمیں آزادی سے ایک دوسرے سے بات کرنے کی اجازت دیتا نہ ہمارے معاشرے کی اخلاقی قدریں کسی اجنبی لڑکی سے بات کرنے کی اجازت دیتی تھیں۔ میں نے سارے راستے ایسے تمام رشتوں کے بارے میں سوچا جو ایک انسانوں کو دوسرے سے بے جھجک بات کرنے، ایک دوسرے کے دُکھ جاننے اور ایک دوسرے کی مدد کرنے کی اجازت دیتے ہیں۔ یہ خون کے رشتے تھے۔۔۔ دوستی کے رشتے تھے۔ ان سب رشتوں سے مضبوط اور افضل انسانوں کے درمیان ایک اور رشتہ ہوتا ہے۔۔۔ انسانیت کا رشتہ لیکن یہ رشتہ کس قدر کمزور تھا۔۔۔ اخلاقی ضابطے کس قدر مضبوط تھے۔۔۔

کئی دن تک میں ہر روز اسے سگنل پر ڈسٹر بیچتے ہوئے دیکھتا رہا لیکن اب اس میں پہلے جیسی تیزی اس کی آنکھوں میں سگنل کی روشنیوں جیسی روشنی نہ تھی ایسا محسوس ہو رہا تھا جیسے وہ سست ہو رہی ہو۔۔۔ جیسے اس کی آنکھوں کی روشنی بجھتی جا رہی ہو۔۔۔ اور یہ احساس میرے لیے بہت اذیت ناک تھا۔ کوئی ڈیڑھ ماہ تک وہ سگنل پر مجھے ہر روز نظر آتی رہی۔ پھر ایک دن وہ غائب ہو گئی۔۔۔ اس دن میں اسے کاروں کے ہجوم میں بہت

تلاش کرتا رہا لیکن وہ نظر نہ آئی۔۔۔ میں نے دو بار سگنل کو مس کیا لیکن پھر بھی وہ نظر انداز نہ آئی میں چوں کہ سڑک کے درمیان کھڑا ہوا تھا لہذا ایک ٹریفک کانسٹبل غصے سے میری طرف آیا۔۔۔ بولا:

"آپ نے کیوں راستہ روکا ہوا ہے۔"

میں اسے بھلا کیا جواب دیتا۔۔۔ شرمندگی کے اظہار کے ساتھ آگے بڑھ گیا۔ میں جب آفس پہنچا تو مجھے ایسا محسوس ہوا کہ لڑکی جس کے نام تک سے میں واقف نہیں میری طرف ملتجی نظروں سے دیکھ رہی ہے۔ ہر طرف مجھے اس لڑکی کا بے رنگ خوفزدہ سوگوار چہرہ ہی نظر آ رہا تھا۔ میں بڑی بے چینی سے وقت گزارنے لگا۔ آخر جب ذہنی الجھن شدید ہو گئی تو میں آفس سے نکل کر عزیز بھٹی پارک پہنچا۔۔۔ پارک تقریباً سنسنا پڑا تھا۔۔۔ میں ایک درخت کے نیچے پڑے ہوئے بینچ پر بیٹھ گیا۔ ابھی مجھے یہاں بیٹھے ہوئے دس پندرہ منٹ ہی ہوئے تھے کہ فل میک اَپ میں ایک اسمارک خاتون میرے قریب آئیں۔۔۔ سلام کیا۔ پھر کہا۔

سر۔۔۔ اگر آپ کا دل کبھی اداس ہو زندگی مشکل نظر آئے وقت کاٹے نہ کٹے تو اس نمبر پر رِنگ کیجئے۔ میں آپ کی دلجوئی کے لیے حاضر ہوں گی۔ یہ کہتے ہوئے خاتون میرے ہاتھ میں ایک ٹیلیفون نمبر تھما کر چلی گئیں۔ میں حیرانی کے ساتھ اسے واپس جاتے دیکھ رہا تھا۔ عمر، ان محترمہ کی 30 کے لگ بھگ ہو گی۔ گورا رنگ ناک نقشہ جاذب نظر۔۔۔ قد بھی مناسب تھا جسم چھریرا۔۔۔ محترمہ ساڑھی بلاؤس میں ملبوس تھیں۔ ٹیلی فون نمبر دیتے وقت غالباً دانستہ اس قدر جھک گئی تھیں کہ ان کی سفید چھاتیاں ننگی ہو گئی تھیں۔ ایک طرف سگنل پر ڈسٹر بیچنے والی وہ جاہل لڑکی تھی جو ہر وقت اپنے میلے کچیلے کپڑوں پر ایک میلی سی چادر اوڑھے رہتی تھی۔۔۔ اس کی آنکھوں میں خوف۔۔۔

سوگواری کے ساتھ حیاء بھی تھی دوسری طرف یہ خاتون تھی جن کے بلاؤز اور ساڑی کے درمیان کا علاقہ ہی عریاں نہ تھا بلکہ جاتے جاتے محترمہ نے نسوانی کشش کے سب سے زیادہ موثر ہتھیار کو بھی ہم پر آزمانے کی کوشش کی تھی۔ ان کی آنکھوں میں حیاء کی بجائے ایک ننگی، بے شرمی اور دعوت گناہ رقصاں تھی۔ میں ان دونوں کا موازنہ کرتا رہا۔ دونوں میں مجھے بڑا فرق نظر آیا۔ مجھے ان دونوں کے موازنے سے یہ پتہ بھی چلا کہ ہمارے اخلاقی نظام میں کتنا شدید تضاد ہے۔ مجھ پر ایسی وحشت سوار ہوئی کہ میں پارک سے اُٹھ کر ایک سنیما ہال پہنچا اور ہال کی آخری نشستوں کے ایک سرے پر بیٹھ گیا۔ ایک انگلش فلم چل رہی ہے تھی اور میں سیٹ پر نیم خوابیدہ سی حالت میں ٹیک لگائے بیٹھا تھا مجھے اس وقت ہوش آیا جب ہال خالی ہو گیا اور لائٹ آن ہو گئیں۔ عجیب سی بے کلی کے ساتھ میں گھر پہنچا۔ پھر وہی بے قراری، رات جانے کس طرح گزری۔۔۔۔ میں سوچتا رہا یہ میرا پاگل پن ہے۔۔۔۔ جانے اس شہر میں کتنی ہزار لڑکیاں کیسی کیسی اذیت ناک زندگی گزار رہی ہوں گی۔ پھر میں ایک عام سی لڑکی کے لیے جسے میں جانتا تک نہیں کیوں اس قدر پریشان ہوں۔ جب میں اپنے آپ کو زیادہ لعنت ملامت کرتا تو پھر وہی لڑکی اپنی تمام تر معصومیت اور سوگوار چہرے کے ساتھ سامنے آکھڑی ہو جاتی۔ جب میں سگنل پر پہنچا تو لڑکی آج بھی غائب تھی۔۔۔۔ میں نے اِدھر اُدھر دیکھا اس کا کہیں پتہ نہ تھا، وہ سگنل کھلنے پر میں آگے بڑھ گیا۔ میں نے طے کر لیا تھا کہ اب اس لڑکی کے بارے میں ہر گز اپنا دماغ حراب نہیں کروں گا۔ آفس میں ہر چند میں اس کے خیال کو ذہن سے جھٹک دینے میں کامیاب ہو گیا تھا لیکن وہ ذہن کے کسی کونے میں اب بھی اپنے دبلے پتلے جسم پر میلی سی چادر اوڑھے کھڑی تھی۔

تیسرے دن بھی وہ نظر نہ آئی۔۔۔۔ اس طرح وہ تقریباً دو ہفتے سگنل سے غائب

رہی۔۔۔ پھر ایک دن وہ نظر آئی۔ لیکن وہ گاڑیوں کے ہجوم میں نہیں کھڑی تھی فٹ پاتھ پر وہی میلی چادر اوڑھے کھڑی تھی جب میں سگنل پر رُکا تواس نے میری طرف دیکھا۔ وہی خوف، وہی کرب، وہی سوگواری، کیا خوف، کرب اور سوگواری بھی کوئی حسن ہوتا ہے۔۔۔ ذہن میں ایک سوال اُبھرا۔۔۔ ہاں یہ ایسا حسن ہے جو ہمارے ملک ہی نہیں دنیا کے ہر ملک میں خواہ وہ ترقی یافتہ ہویا ترقی پذیر ہر جگہ بکھرا ہوا ہے لیکن اس حسن پر توجہ دینے، اس کو سراہنے، اس کی پرستش کے لیے کسی کے پاس نہ وقت ہے نہ کوئی اس کی ضرورت محسوس کرتا ہے۔ یہ حسن صرف خریدا جاتا ہے اور بیچا جاتا ہے۔ وہ تین منٹ وہ خاموش کھڑی رہی لیکن مجھے ایسا لگا کہ اس خاموشی کے ذریعہ بھی وہ مجھ سے بہت ساری باتیں کر چکی ہے اور میرے اور زیادہ قریب آگئی ہے۔ جی تو نہیں چاہ رہا تھا میں آگے بڑھ جاؤں لیکن میری وجہ سے ٹریفک میں خلل پڑ رہا تھا۔ میں آگے بڑھ گیا۔ دوسرے دن وہ پھر غائب ہوگئی۔ دو ہفتے بعد ایک دن وہ پھر نظر آئی لیکن اس بار مجھے ایسا لگا کہ اس کی صحت کچھ بہتر ہوگئی۔۔۔ اس کا رنگ بھی کچھ صاف نظر آرہا تھا۔۔۔ اس کے میلے کپڑوں پر وہی میلی چادر پڑی ہوئی تھی البتہ اس کی آنکھوں کے کرب میں، میں نے بڑی شدت دیکھی۔ یوں لگ رہا تھا کہ وہ اندر سے بری طرح ٹوٹ پھوٹ کا شکار ہے۔ تین چار ہفتوں تک یہی سلسلہ چلتا رہا۔ اب وہ اپنے جسم پر چادر کچھ پھیلا کر اوڑھ رہی تھی۔ یوں لگتا تھا کہ چادر اس نے کوئی اور اوڑھی ہوئی ہے۔۔۔ لیکن یہ چادر بھی میلی ہی تھی۔ اس لڑکی کی وجہ سے اب میں ذہنی طور پر اس قدر ڈسٹرب ہوگیا تھا کہ میں نے آفس سے عزیز بھٹی پارک والی اس لڑکی کو ٹیلی فون کیا جو اپنا فون نمبر دے گئی تھی۔ میرا خیال ہے کہ میری زندگی میں میرے فرسٹریشن کی یہ انتہا تھی۔

گلستان جوہر کے ایک خوبصورت فلیٹ میں جب میں پہنچا تو وہ محترمہ سر سے پیر تک

مجسمہ دعوت بنی ہماری منتظر تھیں۔ لیکن ہمارے دماغ پر اب بھی کسی بھوت کی طرح وہی لڑکی سوار تھی سگنل کے برابر فٹ پاتھ پر میلی چادر اوڑھے کھڑی یہ لڑکی سر سے پاؤں تک خوبصورتی کی تصویر بنی ہوئی تھی اور اس حسین خاتون سے بہت زیادہ خوبصورت نظر آرہی تھی۔۔۔ سردیوں کے دن تھے۔ میرے جسم پر گرم کپڑے نہ تھے۔ خاتون نے ہمیں اپنے خوبصورت ڈرائینگ روم میں بٹھایا اور تھوڑی ہی دیر میں گرم گرم کافی بنا کر لائیں اور اس طرح مجھ سے جڑ کر بیٹھ گئیں جیسے ہم میں میاں بیوی کا کوئی رشتہ ہو اور یوں بے تکلفی سے گفتگو کرنے لگیں جیسے وہ ہم سے بے حد بے تکلف ہیں۔ میں حیران تھا۔ میں جو کئی مہینوں سے اس سگنل والی لڑکی سے بے حد خواہش کے باوجود اب تک ایک لفظ نہ کہہ سکا تھا کہ اس اور ہمارے درمیان کوئی رشتہ نہ تھا۔۔۔ اخلاقی اقدار کا پہاڑ حائل تھا۔۔۔ اور غالباً وہ لڑکی بھی ہم سے بات کرنا چاہتی تھی۔۔۔ لیکن اس کے سامنے بھی وہی دیواریں حائل تھیں اور یہ خاتون جنھوں نے اپنا نام فرزانہ بتایا تھا ان تمام دیواریوں کو بغیر کسی رکاوٹ اور تکلف کے لمحوں میں پھلانگ لیا تھا۔۔۔ اب وہ باتوں باتوں میں ہنستے ہنساتے اپنی قیمت بتارہی تھیں۔ یہ سب کچھ بڑا عجیب لگ رہا تھا۔۔۔ کافی کے بعد فرزانہ نے کہا۔۔۔

آیئے میں آپ کو اپنا بیڈ روم دکھاؤں۔۔۔ پھر وہ زبردستی ہمیں گھسیٹتے ہوئے اپنے بیڈ روم میں لے گئیں جو بہت دلکش انداز میں سجا ہوا تھا۔۔۔ خوبصورت ڈبل بیڈ کے بالکل سامنے کی دیوار پر فرزانہ کی ایک انتہائی جذبات انگیز عریاں تصویر لگی ہوئی تھی۔ فرزانہ نے بڑی ادا سے کہا جناب تصویر میں اور اصل میں بہت فرق ہوتا ہے۔۔۔ اصل میں جو حسن ہوتا ہے تصویر میں اس کا پاسنگ بھی نہیں ہوتا۔ فرزانہ کی باتیں میرے کانوں میں مکھیوں کی بھنبھناہٹ کی طرح گونج رہی تھیں۔ میں یہاں سخت ذہنی الجھن کے

زیر اثر آ تو گیا تھا لیکن میں اب یہاں سے بھاگ جانا چاہتا تھا۔ رات کے دس بج رہے تھے۔ سردی میں اچھا خاصا اضافہ ہو گیا تھا۔ میں نے فرزانہ سے معذرت چاہی اسے بتایا کہ میری طبیعت بہت خراب ہو رہی ہے میں پھر کبھی آؤں گا۔۔۔ پھر اس کے ہاتھ میں میں نے پانچ سو کا ایک نوٹ بطور جرمانہ رکھا۔۔۔ وہ دو منٹ سوچتی رہی غالباً اس نے سوچا مفت میں نصف قیمت مل رہی ہے تو کیا برا ہے۔۔۔ ایک اچھے کاروباری کی طرح اس نے نوٹ واپس کرنے کی کوشش کی اور کہا کہ جب آپ ضرورت محسوس کریں۔۔۔ جب آپ کی طبیعت موزوں ہو آپ تشریف لائیے۔ میرے دروازے آپ کے لیے ہر وقت کھلے ہوئے ہیں۔۔۔ میں نوٹ اس کے ہاتھ میں تھما کر باہر نکلا تو وہ ایک قیمتی شال اوڑھے مجھے دروازے تک چھوڑنے آئی۔ جب میری نظر فرزانہ کی شال پر پڑی تو میری آنکھوں میں سگنل والی لڑکی کی میلی چادر گھوم گئی۔ کتنا فرق تھا اس میلی چادر اور اس چمکتی ہوئی شال کے درمیان۔۔۔ اس قیمتی شال کے مقابلے میں وہ میلی چادر مجھے بے حد قیمتی لگ رہی تھی۔ کیوں کہ اس میلی چادر کے نیچے جو دبلا پتلا کمزور سا جسم چھپا ہوا تھا وہ حجاب اور شرم کی چادر اوڑھے ہوئے تھا جس کی قیمت کوئی بڑے سے بڑا دولت مند بھی نہیں چکا سکتا تھا۔

تقریباً تین ہفتوں کے بعد ایک دن وہ پھر سگنل کے فٹ پاتھ پر لیکن کچھ فاصلے پر کھڑی نظر آئی اس کی آنکھیں مجھ پر ہی جمی ہوئی تھیں۔۔۔ ایسا لگا وہ کچھ بولنے کی کوشش کر رہی ہے کچھ کہنا چاہتی ہے۔۔۔ لیکن اچانک وہ چلی گئی۔۔۔ جب وہ پلٹ کر جا رہی تھی تو میں نے اس کی آنکھوں میں آنسو دیکھے۔ میں نے سوچا رشتے اور اخلاقی اقدار کی ایسی تیسی۔۔۔ میں اس کے پاس جاؤں اس سے پوچھوں کہ وہ کس اذیت میں مبتلا ہے۔۔۔ لیکن چاہتے ہوئے بھی میں ایسا نہ کر سکا۔۔۔

پھر وہ اچانک ایسی غائب ہوئی کہ کئی مہینوں تک نظر نہ آئی۔ ایک دن میں سگنل پر رُکا ہوا تھا کہ ایک ہاکر اخبار لے کر میرے پاس آیا۔ میں اسے ایک عرصے سے دیکھتا آرہا تھا۔۔۔ میں نے اچانک اس سے پوچھا۔۔۔!

بھئی وہ لڑکی جو جہاں کپڑے کے ڈسٹر بیچتی تی وہ کہاں چلی گئی۔۔۔ کیا وہ بیمار ہے۔

اس نے پہلے تو میری طرف مشکوک نظروں سے دیکھا۔ پھر ایسا محسوس ہوا کہ وہ مجھے کچھ بتانا چاہتا ہے۔ لیکن بتاتے ہوئے ہچکچا رہا ہے۔

میں نے کہا۔۔۔ بھئی میں یہاں سے برسوں سے گزر رہا ہوں۔ یہاں کے تقریباً تمام ہی ہاکروں کو پہچانتا ہوں۔۔۔ وہ لڑکی در اصل مجھے ہمیشہ کچھ پریشان، کچھ گھبرائی ہوئی، کچھ خوفزدہ سی دکھائی دیتی تھی میں صرف اس کی خیریت معلوم کرنا چاہتا ہوں۔

لڑکے کی آنکھوں میں کچھ اطمینان کچھ اعتماد نظر آیا اس نے کہا۔

جناب۔۔۔ اس کا نام کجری ہے۔ وہ میرے گاؤں ہی کی رہنے والی ہے۔ وہ پنے بھائی بہنوں میں تیسرے نمبر پر ہے اس کی دو بہنیں ہیں جو اس سے بڑی ہیں اور ایک بھائی ہے جو اس سے چھوٹا ہے۔ اس کا باپ نشہ کرتا ہے۔۔۔ ماں ٹی بی کی مریضہ ہے۔۔۔ ان کے گھر میں کوئی کمانے والا نہیں۔۔۔ اس کی دونوں بڑی بہنیں بہت ڈرپوک ہیں۔۔۔ کجری بھی کراچی آنے سے بہت گھبراتی تھی۔ لیکن پچھلی دفعہ جب میں بڑی عید پر گھر گیا تو اسے ہمت دلا کر کراچی لے آیا تھا کہ یہاں اسے کوئی نہ کوئی کام مل جائے گا۔

جناب۔۔۔ اس نے اپنی آنکھیں ملتے ہوئے کہا۔ اس کی بربادی کا میں ہی ذمہ دار ہوں۔ اگر میں اس کو یہاں نہ لاتا تو شاید وہ اس حال کو نہ پہنچتی۔

جب وہ کراچی آئی تو اسے میں نے اپنے ساتھ ہی رکھا۔ میں پنجاب کالونی میں اپنی

ماں اور دو بہنوں کے ساتھ رہتا ہوں۔ کرایہ پر میں نے سب کو یہی بتایا کہ کجری میری خالہ زاد بہن ہے۔۔۔ میں جب اسے پہلے دن یہاں لایا تو وہ بڑی خوش تھی۔ گاڑیوں کے بیچ دوڑ دوڑ کر اس نے ڈسٹر بیچے۔۔۔ لوگ اس سے ڈسٹر خرید بھی لیتے تھے۔ وہ دن بھر میں سو سوا سو روپئے کے ڈسٹر بیچ لیتی تھی۔

صاحب۔۔۔ ہم اس سگنل کے تمام ہاکر ہر روز پولس کو بھتہ دیتے ہیں۔ ان کا گالیاں سنتے ہیں۔ ان کی مار بھی کھاتے ہیں۔ لیکن پیٹ کی خاطر سب برداشت کرنا پڑتا ہے۔۔۔ لیکن کجری جس دن یہاں آئی اسی دن سے چوکی کے سپاہی اس کے گرد منڈلانے لگے۔ اس چوکی کے سارے ناجائز کام سپاہی اکرم کرتا ہے۔۔۔ دو تین دن بھی نہیں گزرے تھے کہ وہ میرے پاس آیا اور بولا۔۔۔

آج رات تم لڑکی کو لے آنا۔۔۔ اس نے اپنے فلیٹ کا پتہ بتایا اور کہا کہ اگر تو لڑکی کو لے کر رات میرے فلیٹ پر نہیں آیا تو۔۔۔ اس نے دھمکی دی۔

جناب۔۔۔ کجری بہت روئی لیکن اس کے علاوہ کوئی راستہ نہ تھا۔ صاحب! ہاکر نے آنسو پونچھتے ہوئے کہا۔ اکرم نے اور چوکی کے دوسرے سپاہیوں نے کجری کی عزت تو لوٹ ہی لی۔۔۔ لیکن اسے کجری سے کنجری بھی بنا دیا۔ چوکی کے لوگ اس کے جسم کی کمائی کھانے لگے۔ وہ آنسو پونچھتا ہوا اخبار بیچنے کے لیے گاڑیوں کی طرف چلا گیا۔

کوئی چار پانچ ماہ بعد میں سخی حسن کے قریب سے گزر رہا تھا۔ سگنل بند تھا۔ میں جب سگنل کھلنے کا انتظار کرنے لگا تو ایک لڑکی قریب آئی اس کی گود میں ایک نومولود بچہ تھا۔

صاحب۔۔۔ اللہ کے نام پر۔۔۔

جب میں نے اس لڑکی کی طرف دیکھا تو حیرت سے میرا منہ کھلے کا کھلا رہ گیا وہ کجری تھی۔۔۔ جیسے ہی اس کی نظر مجھ پر پڑی وہ گاڑیوں کی پرواہ کئے بغیر تیزی سے

فٹ پاتھ کی طرف چلی گئی۔ اس کی آنکھوں میں نمی صاف نظر آرہی تھی۔ میں حیرت سے اس کی طرف دیکھ رہا تھا۔

او بھائی، کیوں راستہ روکے کھڑے ہو۔ ٹریفک کانسٹبل کی آواز پر میں چونکا اور سگنل کراس کرنے لگا۔ کجری میری نظروں سے غائب ہوگئی تھی، لیکن اس کا چہرہ اس کے آنسو میرے سامنے تھے۔

(۳) رقاصہ

میں کراچی سے ایک ادبی کانفرنس میں شرکت کے لیے سکھر آیا تھا۔ سکھر میں میرے ایک بہت قریبی دوست اظہر رہتے تھے جو محکمہ تعلیم میں کسی بڑے عہدے پر فائز تھے۔ میں ان ہی کے پاس ٹھہرا ہوا تھا۔ دو روزہ ادبی کانفرنس کے اختتام پر جب میں اپنے دوسرے اہل قلم دوستوں کے ساتھ کراچی واپس جانے لگا تو اظہر اور ان کی بیوی آصفہ نے حکم دیا کہ ہم ایک ہفتے مزید ان کی میزبانی کے اسیر رہیں گے۔ میرا کراچی جانا ضروری تھا کیوں کہ مجھے اپنا رسالہ پریس بھجوانا تھا لیکن اظہر اور آصفہ کے پر خلوص اصرار پر میں دو تین دن اور رکنے کے لیے راضی ہو گیا۔ آصفہ ہر روز ڈائننگ ٹیبل پر نئی نئی ڈشیں سجاتی تھیں اور اظہر ہمیں سکھر کے گرد و نواح میں گھماتے رہتے تھے۔ اظہر ایک متحرک شخصیت کے مالک انسان تھے۔ سکھر کے با اثر گھرانوں سے ان کے تعلقات تھے۔۔۔۔ اظہر کے دوستوں میں ایسے لوگوں کی بھی اچھی خاصی تعداد تھی جو "بابر بہ عیش کوش کہ عالم دوبارہ نیس" کے فلسفے کے پیرو تھے۔ ایک دن اظہر نے ہمیں بتایا کہ آج ان کے دوست سائیں احمد بخش کے بنگلے پر ہمارے اعزاز میں مجرے کا اہتمام کیا گیا ہے۔ لہٰذا ہم مجرے میں شرکت کے لیے اپنے ذہن کو تیار کر لیں۔ کراچی کی پوش بستیوں میں ہر رات مجرے، شراب اور شباب کی محفلیں سجتی تھیں۔ جس کا ہمیں علم تھا لیکن کراچی کے ان حلقوں سے ہمارے ایسے قریبی تعلقات نہ تھے کہ ہم عیش و عشرت کی ان محفلوں سے محفوظ ہو سکتے۔ مجرا در اصل ایک پرفارمنگ آرٹ ہے لیکن ہمارے

معاشرے میں اسے طوائفوں سے اس طرح نتھی کر دیا گیا ہے کہ شرفاء اور مشرقی تہذیب کے علمبرداروں میں اسے ایک معیوب فعل اور غیر اخلاقی تفریح سے تعبیر کیا جاتا ہے۔ ہندی فلموں اور پاکستانی فلموں میں بھی مجرے پیش کیے جاتے ہیں بلکہ مجروں سے زیادہ فحش ڈانسوں کے بغیر کوئی فلم مکمل نہیں ہوتی اور ڈش، کیبل اور وی سی آر پر امیر غریب مذہبی اور لبرل سب ہی گھرانوں کے افراد ہر روز اس بے ہنگم تفریح سے لطف اندوز ہوتے ہیں۔ ہمارے کلچر کی یہ ایک عجیب دو عملی تھی کہ فلموں میں انتہائی فحش بلکہ قابل شرم حد تک عریاں رقص دیکھنے سے اخلاق اور اخلاقی روایات پر کوئی برا اثر نہیں پڑتا تھا لیکن مجرا دیکھنا بڑا معیوب سمجھا جاتا تھا جس میں فلموں کے مقابلے میں کم عریانیت ہوتی تھی۔

ہم نے اپنی موروثی اخلاقی روایات کا مظاہرہ کرتے ہوئے پہلے تو اظہر کے اس پروگرام پر آنا کانی کی اور یہ تاثر دینے کی کوشش کی کہ ہم مجرے وغیرہ کی محفلوں میں جانا پسند نہیں کرتے لیکن جب اظہر نے اصرار کیا اور کہا کہ ہمارا انکار آدابِ مہمانی کے خلاف ہے اور ہمارے اس محفل میں شریک نہ ہونے سے سائیں احمد بخش ناراض ہو جائے گا اور ان کی دوستی خراب ہو جائے گی تو ہم نے بظاہر طوہاً وکرہاً مجرے میں شرکت کی حامی بھرلی۔۔۔ لیکن دل ہی دل میں ہم اپنے اس رویے پر شرمسار بھی ہو رہے تھے کہ دل تو مجرے کی محفل میں جانے کے لیے بے قرار ہے اور زبان پر حیل حجت اور انکار ہے۔ ہمیں محسوس ہوا کہ رائج الوقت اخلاقی نظام کا اوپری ڈھانچہ انسان کو کس حد تک منافق اور دوغلا بنا رہا ہے۔

رات بھیگنے میں ابھی پانچ چھ گھنٹے باقی تھے۔ اظہر غالباً مجرے کے انتظامات میں سائیں کا ہاتھ بٹانے کے لیے باہر گئے ہوئے تھے۔ ہم اظہر کے شاندار مکان کے ایک بیڈ

روم میں لیٹے ہوئے اوٹ پٹانگ خیالات میں کھوئے ہوئے تھے کہ ہمارے خیالات کی رو اچانک 25-30 برس پہلے کے ایک واقعہ کی طرف مڑ گئی۔ غالباً اس وقت ہماری عمر 18-19 سال تھی جب کہ دوستوں نے سکھر روہڑی گھومنے کا پروگرام بنایا۔۔۔ اس زمانے میں سکھر ایک پرانا شہر تھا۔ سکھر میں ہمارا کوئی جاننے والا نہ تھا۔ روہڑی میں دن بھر گھوم پھر کر پانچ نوجوانوں پر مشتمل ہمارا قافلہ جب سکھر پہنچا تو رات کے آٹھ بج رہے تھے۔۔۔ سب سے پہلے ہم نے ایک عوامی سے ہوٹل میں اپنے قیام کا بندوبست کیا۔ پھر نہا دھو کر رات کا کھانا کھایا۔ کھانے کے بعد یاروں نے صلاح کی کہ سکھر دیکھنا چاہیے۔ چناں چہ نکل پڑے۔ ہمارے قافلے کا کوئی رکن اس سے قبل کبھی سکھر نہیں آیا تھا لہٰذا یہاں کے کسی علاقے سے کوئی واقف نہ تھا۔ بس بغیر کسی منزل اور مقصد کے اِدھر اُدھر بھٹکتے رہے۔ راستے میں دو بار لسی پی۔۔۔ کراچی میں رہنے والوں کے لیے سکھر میں کوئی دل کشی نہ تھی۔ اِدھر اُدھر گھومتے پھرتے ہم ایک ایسے علاقے میں آ گئے جہاں بڑی بھیڑ بھاڑ تھی۔ چھوٹے چھوٹے دوکان نما کمروں میں مختلف عمروں کی بنی سنوری لڑکیاں کرسیوں پر بیٹھی ہوئی تھیں۔ ہر کمرے کی چھت میں ایک تیز بلب جل رہا تھا اور بلب اس طرح لگایا گیا تھا کہ اس کی روشنی کرسی پر بیٹھی ہوئی لڑکی کے چہرے پر پڑ رہی تھی۔ ہم بڑے حیران تھے کہ یہ کون سی جگہ ہے۔ نوجوان، جوان، ادھیڑ، کلین شیو، داڑھی والے غرض ہر قسم کے مرد گھوم پھر رہے تھے ہم نے بعض نوجوانوں کو کرسیوں پر بیٹھی ہوئی لڑکیوں کے جسم ٹٹولتے دیکھا۔ لڑکیوں کے چہروں پر ایک بے شرم سی ہنسی تھی۔۔۔ ہم نے حیران ہو کر اپنے ایک نسبتاً زیادہ عمر والے ساتھی سے جو اس دورے میں ایک طرح سے ہمارے گائیڈ کا کردار ادا کر رہا تھا پوچھا۔۔۔ بھائی یہ کون سی جگہ ہے۔۔۔ اس بندہ خدا نے ایک بے ہنگم قہقہے کے ساتھ کہا۔۔۔ کمال ہے پڑھے لکھے نوجوان ہو۔۔۔ یہ

جگہ سمجھ نہیں آرہی۔۔۔

بخدا ہماری سمجھ میں نہیں آیا، ہم نے شرمندگی سے کہا۔

ارے یار یہ چکلہ ہے۔۔۔ سکھر کا مشہور چکلہ۔۔۔ یہاں جسموں کا کاروبار ہوتا ہے۔

یعنی۔۔۔ ہم نے مزید وضاحت طلب کرتے ہوئے کہا۔

بھیا۔۔۔ یہ ہر کمرے میں جو لڑکی بن سنور کر بیٹھی ہے یہ طوائف یعنی رنڈی ہے۔ یہ لڑکیاں پیسے لے کر اپنا جسم یعنی اپنی آبرو بیچتی ہیں۔ ہر کرسی کے پیچھے آپ جو پردہ لٹکا دیکھ رہے ہیں اس کے پیچھے ایک پلنگ پڑا ہوا ہوتا ہے جب کسی گاہک سے سودا طے ہوتا ہے تو لڑکی گاہک کے ساتھ پردے کے پیچھے چلی جاتی ہے۔۔۔ سمجھے۔۔۔

ہماری سمجھ میں کچھ کچھ آیا کچھ کچھ نہ آیا۔ جیسے جیسے رات جوان ہو رہی تھی بھیڑ بھاڑ میں اضافہ ہو رہا تھا۔ بھاؤ تاؤ گندے اور بے ہودہ مذاق۔ کوئی پردے کے پیچھے جا رہا تھا۔ کوئی پردے کے پیچھے سے باہر آرہا تھا۔ اس پورے منظر کو دیکھ کر ہمارے ذہن میں ایک عجیب سی اتھل پتھل ہو رہی تھی۔ ہمیں پہلی بار یوں محسوس ہو رہا تھا کہ ہمارے اندر کا کوئی چھپا ہوا انسان بے چینی سے کروٹیں بدل رہا ہے۔۔۔ ایک عجیب سی حیرت ناگواری اور بے چینی کے عالم میں ہم بازار حسن میں گھومتے رہے۔۔۔ ایک جگہ ایک کمرے کے سامنے ایک لمبی لائن لگی ہوئی تھی۔ ہم نے اپنے گائیڈ دوست کی طرف سوالیہ نظروں سے دیکھا، گائیڈ نے طنزیہ انداز میں ہنستے ہوئے کہا۔ مولوی صاحب یہاں یقیناً کوئی بہت خوبصورت طوائف ہے جس کے لیے لائن لگی ہوئی ہے۔ اس لائن میں کم عمر لڑکے بھی تھے۔ پختہ عمر کے نوجوان بھی اور ہمیں اور زیادہ حیرت اس وقت ہوئی جب ہم نے اس لائن میں لمبی لمبی داڑھی والے ادھیڑ عمر کے گاہکوں کو کھڑے دیکھا۔ زندگی میں یہ پہلا

موقع تھا کہ ہم طوائف 'چکلے' جسم فروشی جیسے الفاظ سے واقف ہوئے تھے۔ ابھی ہم اس عجیب و غریب منظر میں کھوئے ہوئے ہی تھے کہ پردے کے پیچھے سے ایک پختہ عمر کے مولوی صاحب چھپتے چھپتے باہر آئے اور ان کے پیچھے ایک ایسا انتہائی کمسن لڑکی جس کی عمر مشکل سے باہر تیرہ برس ہوگی باہر آئی اس کے جسم پر شلوار کے اوپر ململ کا ایک انتہائی مہین کرتہ تھا۔ تیز بلب کی روشنی میں ململ کے باریک کرتے میں اس کا جسم عریاں نظر آ رہا تھا۔ ہمارے جسم میں ایک عجیب سی برقی رو دوڑ گئی۔ لڑکی لائن میں سب سے آگے کھڑے ہوئے ایک 16-17 سالہ نوجوان کے ساتھ پردے کے پیچھے چلی گئی۔ اب بھی قطار میں پندرہ بیس لوگ کھڑے ہوئے تھے۔ ایک عجیب سی سنسنی عجیب سی بے کلی۔۔۔ ہمارے انگ انگ میں پھیلی ہوئی تھی۔ غالباً یہی وہ لمحہ تھا جس میں ہمارے اندر سویا ہوا حساس انسان جاگ پڑا۔ غالباً یہی وہ لمحہ تھا جس نے ہم میں سوچنے سمجھنے کی صلاحیت کو بیدار کیا اور معاشرے میں پھیلی ہوئی ان برائیوں کے خلاف اظہار کی سمت دھکیلنے لگا۔

بھائی جان۔۔۔ چائے، آصفہ کی آواز ہم پر 25-30 سال پہلے کے اس ماحول سے باہر آئے۔

اوہ۔۔۔ بھابھی۔۔۔ آپ نے زحمت کی۔ ہم شرمندہ سے اُٹھ کر بیٹھ گئے۔

ہم ابھی چائے پی رہے تھے کہ اظہر آ گئے۔

ہاں بھئی چلیں۔۔۔ اظہر نے ہماری طرف دیکھتے ہوئے کہا۔

آصفہ آج سائیں کے پاس ہم لوگوں کی دعوت ہے۔۔۔ رات ہم دیر سے گھر آئیں گے تم انتظار مت کرنا۔۔۔ اظہر نے بیوی کو ہدایت دی۔

یار۔۔۔ آپ کپڑے تبدیل کرلیں۔ چاہو تو باتھ لے لیں۔۔۔ میں بھی نہا کر آتا

ہوں یہ حکم دے کر اظہر چلے گئے۔

جب ہم گھر سے نکل رہے تھے تو رات کے نو بج رہے تھے اظہر کے ساتھ میں ان کی شاندار ہنڈا اکارڈ میں اگلی سیٹ پر بیٹھا تھا۔۔۔ اظہر نے غزلوں کی کیسٹ لگا دی تھی۔ کیسٹ کی دھیمی موسیقی میں ہم کھو گئے۔

کہاں ہو بھائی جان۔۔۔؟ اظہر نے ہمارے کندھے ہلاتے ہوئے کہا۔ مجھے پتہ ہے کہ آپ وڈیروں کے سخت خلاف ہیں۔۔۔ وڈیرہ شاہی کے سخت خلاف ہیں۔ آپ کی ہر کہانی کا مرکزی خیال یہی لوگ ہوتے ہیں لیکن میرے بھائی آپ کی تحریر میں اور زیادہ تاثر اس وقت آئے گا جب آپ بالا دست طبقات کی زندگی کو زیادہ قریب سے دیکھیں گے۔

گاڑی 70-80 کلو میٹر کی رفتار سے دوڑ رہی تھی اب ہم شہر سے کافی دور نکل آئے تھے۔

بھائی جان ہم جہاں جا رہے ہیں وہ سائیں احمد بخش کا فارم ہے۔۔۔ یہاں اس نے اپنی عیاشیوں کے لیے ایک خوبصورت بنگلہ بنا رکھا ہے۔۔۔ سائیں بتا رہا تھا کہ آج مجرے کے لیے جس لڑکی کو بلوایا گیا ہے وہ آج کل پورے سندھ کے بالا دست طبقات میں اپنے حسن اور شباب کی وجہ سے مشہور ہے۔۔۔

جب ہم سائیں احمد بخش کے فارم پر پہنچے تو رات کے تقریباً دس بج رہے تھے۔ ہری بھری فصلوں کے بیچ ایک شاندار عمارت سر اٹھائے کھڑی تھی۔ کلاشنکوف بردار گارڈز ادھر اُدھر کھڑے ہوئے تھے۔ جب ہم وسیع و عریض بنگلے کے پارکنگ ایریا میں پہنچ کر کار سے باہر نکلے تو سائیں احمد بخش بہ نفس نفیس ہمارے خیر مقدم کے لیے موجود تھا۔

سائیں آپ ادیب لوگ "ہم گاؤں کے رہنے والے اگر ہم سے کوئی کوتاہی ہو

جائے تو معاف کر دینا۔ سائیں احمد بخش نے روایتی طور پر گلے ملتے ہوئے کہا۔

آپ ہمیں شرمندہ کر رہے ہیں۔ میں نے ہنستے ہوئے کہا۔۔۔۔

ہم سائیں احمد بخش کی رہنمائی میں بنگلے کے ایک ایسے وسیع و عریض ہال میں پہنچے جہاں سفید چاندنیوں کا فرش تھا۔۔۔ اور مخمل کے غلافوں کے قیمتی گاؤ تکیے لگے ہوئے تھے۔ ہال میں کم از کم پچاس افراد کے بیٹھنے کی گنجائش تھی۔ ایک سرے پر طبلہ اور ہارمونیم کے ساتھ ساتھ آرکسٹرا بھی تھا۔ ہال میں کوئی بیس پچیس افراد بیٹھے تھے جو سب کے سب "اعلی نسل" کے لگ رہے تھے۔ سائیں کو دیکھتے ہی سب اُٹھ کھڑے ہوئے۔ سائیں نے ہمارا تعارف بڑے لمبے چوڑے انداز میں کرایا۔ سب لوگ اپنی اپنی نشستوں پر بیٹھ گئے۔ باوردی بیرے دونوں قسم کی ڈرنک سرو کر رہے تھے۔ پندرہ بیس منٹ میں کچھ اور لوگ آ گئے۔۔۔ اس کے بعد ایک ملازم نے بڑے ادب سے سائیں کو بتایا کہ ثروت بائی آ گئی ہیں۔

بھئی لے آؤ۔۔۔ انہیں۔۔۔ انھیں کا انتظار ہو رہا ہے سائیں نے ہنستے ہوئے کہا۔

ہال کے باہر پائیل کی مسحور کن آواز قریب آ رہی تھی اور پھر ایک ملازم نے پردہ اُٹھایا۔ ثروت بائی ہال میں داخل ہوئیں۔۔۔ میں ثروت بائی کو دیکھ کر اس بری طرح چونکا بلکہ اس طرح اچھلا جیسے کرنٹ لگ گیا ہو۔

ارے۔۔۔ میرے منہ سے بے ساختہ نکلا۔۔۔ افشاں افتخار تم۔

افشاں کی نظر جیسے ہی مجھ پر پڑی وہ بھی بری طرح چونک گئی۔ یہ سب ایک لمحے میں ہو گیا۔ سائیں جو اپنے ایک ساتھی سے کچھ کہہ رہا تھا اس نے ہمیں چونکتے ہوئے نہیں دیکھا۔ میں نے فوری اپنے آپ کو سنبھال لیا اور نظریں نیچی کر کے بیٹھ گیا۔ ثروت بھی الجھی الجھی سی اپنی فرشی نشست پر روایتی انداز میں فرشی سلام کرتے ہوئے بیٹھ گئی۔ کچھ

دیر پہلے محفل میں جو خوشگوار ماحول تھا وہ ایک عجیب سی گھٹن میں بدل گیا۔ میں حیران تھا اگر میری نظر دھوکہ نہ کھا رہی ہو تو میرے سامنے وہی افشاں بیٹھی ہوئی تھی جسے تقریباً 7-6 سال پہلے میں علاج کے لیے اپنے ایک ماہر نفسیات دوست ڈاکٹر حمید کے پاس لے گیا تھا۔ افشاں کے والد افتخار صاحب میرے بڑے بھائی کے دوست تھے۔ ایک دن ہم اپنے بڑے بھائی کے گھر گپ شپ میں لگے تھے کہ یکایک جنوں بھوتوں کی بات بیچ میں نکل آئی۔ بڑے بھائی صاحب نے اس حوالے سے افسوس کا اظہار کرتے ہوئے کہا۔

یار۔۔۔۔ ہمارے ایک بہت قریبی دوست ہیں افتخار صاحب ان کی ایک نوجوان لڑکی پر آسیب کا سایہ ہو گیا ہے۔ بیچارے بہت پریشان ہیں۔ بہت سارے باباؤں، عالموں کو دکھا چکے ہیں لیکن لڑکی کی حالت اور زیادہ خراب ہو رہی ہے۔ افتخار صاحب سخت پریشان ہیں۔ بیچارے نمازی، پرہیز گار انسان ہیں۔ اپنے بچوں کی بھی انھوں نے اسی طرح تربیت کی ہے۔ بڑے فرمانبردار بچے ہیں۔ ماں باپ کے سامنے کبھی اونچی آواز سے بات نہیں کرتے نہ کبھی نظر ملا کر بات کرتے ہیں۔ سخت پردہ کرتے ہیں۔ جس وقت دورے پڑتے ہیں وہ اپنے ہوش و حواس میں نہیں رہتی۔ کپڑے پھاڑ لیتی ہے۔ چیخنے چلانے لگتی ہے۔ میں جانتا تھا کہ بھوت پریت آسیب سب بکواس ہے۔ نفسیاتی گھٹن عام طور پر اس قسم کی بیماریوں کا سبب بنتی ہے۔ میں نے بڑے بھائی سے کہا کہ اگر وہ اپنے دوست کو راضی کریں تو میں افشاں کو اپنے ایک ماہر نفسیات دوست کو دکھاتا ہوں۔ افتخار صاحب جو اپنی بچی سے مایوس ہو چکے تھے۔ انھوں نے اجازت دے دی۔ میں افشاں کو ڈاکٹر حمید کے پاس لے گیا۔ افشاں کے ساتھ اس کی چھوٹی بہن بھی ہمارے ساتھ گئی دونوں پورا برقعہ اوڑھے ہوئے تھیں۔ صرف نصف آنکھیں بُرقعے سے باہر تھیں۔ ڈاکٹر حمید نے علیحدگی میں کوئی پون گھنٹہ افشاں سے گفتگو کی۔ جب باہر آئے تو وہ مایوس سے

لگ رہے تھے۔ بہر حال انھوں نے کچھ دوائیں لکھ دیں اور ایک ماہ بعد آنے کے لیے کہا۔ میں کوئی تین چار دن بعد پھر ڈاکٹر حمید کے پاس گیا۔ انھوں نے کہا۔۔۔۔ بھائی آپ کی مریض کسی ایسے ذہنی دباؤ کا شکار ہے جس کا وہ کسی قیمت پر اظہار کرنا نہیں چاہتی۔ جب تک وہ کھل کر بات نہیں کرے گی اس کا ٹھیک ہونا مشکل ہے۔ وہ ہسٹیریا کی مریضہ ہے۔ مجھے پتہ تھا کہ افتخار صاحب کے گھر میں ایک ایسا سخت اخلاقی نظام رائج تھا۔ جس میں کسی کو خاص طور پر خواتین کو ہرگز یہ ہمت نہیں تھی کہ وہ اپنی کسی مشکل یا ذاتی پریشان کا کسی سے اظہار کریں۔ حتیٰ کہ بھائی بھائی سے، بہن بہن سے بھی اپنی مشکلات اور پرابلم کو بتانا معیوب سمجھتے تھے۔

افشاں کا علاج ہوتا رہا۔ لیکن مرض بڑھتا گیا جوں جوں دوا کی۔ ایک دن پتہ چلا کہ افشاں کی والدہ اور خالہ کسی بابا کے مشورے پر افشاں کو اندرون سندھ کسی بزرگ کے مزار پر لے گئیں۔ جہاں انھیں تین دن رہنا تھا۔ لیکن ہوا یہ کہ دوسرے رات افشاں مزار کے قریب مریضوں کے لیے بنے ہوئے کمرے سے جہاں وہ اپنی ماں اور خالہ کے ساتھ ٹھہری ہوئی تھی۔ غائب ہو گئی۔ افتخار صاحب نے خاموشی کے ساتھ افشاں کو ہر جگہ تلاش کیا لیکن افشاں کو جیسے زمین نگل گئی۔۔۔۔ وہ نہ ملی۔ علاج کے دوران صرف دو بار اچانک دورہ پڑ جانے کی وجہ سے میں نے افشاں کو بے نقاب دیکھا تھا۔ افشاں ایک انتہائی خوبصورت لڑکی تھی لیکن بیماری کی وجہ سے اس کی آنکھوں کے گرد حلقے سے پڑ گئے تھے۔ یہ حلقے اس کے حسن میں اور اضافہ کر رہے تھے۔ بہر حال کئی مہینوں تک تلاش کے بعد آخر افتخار صاحب اور ان کی فیملی نے صبر کر لیا۔ لیکن مجھے افشاں کے مرض کے بارے میں ایک تشویش سی لگی ہوئی تھی۔ ڈاکٹر حمید نے بتایا تھا کہ وہ کسی ایسے شدید ذہنی دباؤ میں ہے جس کا اظہار وہ نہیں کر سکتی۔ یہی اس کی بیماری کا سبب ہے۔ میں نے

افشاں کے بارے میں جاننے کے لیے بڑی کوششیں کیں۔ آخر کار افشاں کے اسکول کے ایک چپراسی نے مجھ سے بار بار قسم لے کر کہ میں اس بات کا کسی سے ذکر نہیں کروں گا بتایا کہ انٹر کے آخری پرچے کے روز افشاں کو امتحانی مرکز سے لینے کے لیے کسی وجہ سے کوئی نہ پہنچ سکا۔ سردیوں کے دن تھے۔ چھ بجے ہی اندھیرا ہو جاتا تھا۔۔۔ امتحانی مراکز کے ارد گرد گھومنے والے آوارہ لڑکوں نے اسے گھر پہنچانے کے بہانے اغوا کر لیا اور اس کی آبرو لوٹ کر اسے گھر کے قریب چھوڑ دیا۔ افشاں کے ذہن پر اس ظلم کا اتنا شدید اثر ہوا کہ وہ مہینوں بیمار رہی۔ افشاں کی بگڑتی ہوئی صحت کو دیکھ کر افشاں کی ماں اور باپ نے افشاں کی نسبت فوری طور پر افشاں کے ماموں زاد بھائی سے کر دی اور فوری شادی کی تیاریاں شروع ہو گئیں۔ افشاں اپنے ماموں زاد بھائی کو سخت ناپسند کرتی تھی۔ جیسے جیسے شادی کی تاریخ قریب آنے لگی۔ افشاں کی حالت خراب تر ہونے لگی۔ یوں شادی سے کچھ پہلے جب اسے بابا کے مزار پر لے جایا گیا تو وہ اچانک غائب ہو گئی۔۔۔ یہ تھی افشاں کی مختصر داستان جو آج ثروت بائی کے نام سے میرے سامنے مجرے کے لیے تیار بیٹھی تھی۔

کہاں کھو گئے سائیں۔۔۔ سائیں احمد بخش نے مجھے جھنجھوڑتے ہوئے کہا۔ معلوم ہوتا ہے بائی کے حسن میں کھو گئے ہیں۔

نہیں نہیں ایسی کوئی بات نہیں، میں نے شرمندگی سے کہا۔

طبلے پر تھاپ پڑی آرکسٹرا کی آواز اُبھری۔۔۔ ثروت بائی جو کسی سخت ذہنی الجھن کا شکار نظر آ رہی تھی، رقص کے لیے اُٹھتے ہوئے بار بار جھجک رہی تھی۔

میں نے غور سے اس کی آنکھوں کی طرف دیکھا۔ اس نے جلدی سے اپنے دوپٹے سے آنسو پونچھے۔ آنسوؤں کو تو شائد کوئی نہ دیکھ سکا۔ البتہ اس کے چہرے کی تمازت جسم کے قیامت خیز نشیب و فراز پر ہر ایک کی نظر تھی۔ 6-7 سال پہلے والی افشاں اور آج کی

ثروت بائی میں زمین آسمان کا فرق تھا۔ 6-7 برس پہلے کی افشاں اچھی شکل و صورت کی لڑکی تھی لیکن آج کی ثروت حسن و شباب کی ایک ایسی تصویر تھی جس پر سے کسی کی نظر نہیں ہٹتی تھیں۔

سائیں احمد بخش نے ہزار والے نوٹوں کی دو گڈیاں ملازم کو دیں وہ بڑے ادب سے ثروت بائی کے قریب گیا اور اس کے قدموں میں رکھ دیا۔ اس کا مطلب تھا مجرا شروع ہونا چاہیے۔ ثروت بائی اچانک لہرا کر اُٹھی اور پھر اس نے اس طرح ٹوٹ کر رقص کیا کہ ساری محفل دم بخود تھی۔ مجھے یوں محسوس ہو رہا تھا جیسے ایک بار پھر ثروت پر کوئی آسیب آگیا ہو۔ میں نے اس کی آنکھوں میں وہی کیفیت دیکھی جو ڈاکٹر حمید کے پاس میں نے دیکھی تھی۔ طبلہ ہارمونیم اور آکسٹرا والے حیران تھے وہ برسوں سے ثروت بائی کے ساتھ تھے لیکن آج جو رقص وہ دیکھ رہے تھے وہ بڑا عجیب و غریب تھا۔ ثروت بائی کو اپنے جسم کا بالکل ہوش نہ تھا وہ پاگلوں کی طرح رقص کر رہی تھی۔ لیکن اس کے رقص میں سوائے تیزی کے کوئی فنکارانہ بے ضابطگی نہ تھی۔ حاضرین محفل دم بخود تھے۔ سائیں احمد بخش کے چہرے سے پریشانی ظاہر ہو رہی تھی۔ چالیس منٹ پینتالیس منٹ پھر ایک گھنٹہ گزر گیا۔ ثروت بغیر رکے ناچتے رہی۔۔۔۔ اور پھر اچانک دھڑام سے زمین پر آ رہی۔ میں سب سے پہلے اس کے قریب پہنچا ثروت نے آہستہ سے ٹوٹتی ہوئی سانسوں کے ساتھ کہا۔ آپ سے میری ایک التجا ہے میرے بارے میں کسی کو کچھ نہ بتانا۔ میں نے اس کا ہاتھ تھام کر کہا اطمینان رکھو میں کسی کو کچھ نہیں بتاؤں گا۔ اور دوسروں ہی لمحے اس کی ناک اور منہ سے خون کی پچکاری سی باہر آئی۔ صرف چند منٹ میں اس کا جسم سرد ہو گیا۔ سائیں واحد بخش سمیت تمام حاضرین محفل بری طرح سے بوکھلائے ہوئے تھے۔ فوری ڈاکٹر کو بلوایا گیا۔۔۔۔ جس نے دیکھ کر تصدیق کی کہ ثروت کا کسی بڑے صدمے کی وجہ سے برین

ہیمبرج ہو گیا ہے اور وہ مر چکی ہے۔

افشاں کی اس ناگہانی موت پر سب کی آنکھیں اشکبار تھیں۔ دوسرے دن اس کی تدفین ہوئی۔ تیسرے روز میں کراچی کے لیے روانہ ہو گیا۔ رات میں نے گھر پر بہت بے چینی سے گزاری۔ دوسرے دن ڈاکٹر حمید کے پاس پہنچا اور انھیں مختصراً ساری بات بتا دی۔

لگتا ہے ڈاکٹر حمید نے کہا۔ مسلسل ظلم اور ذلت نے اس کے ذہن میں ایک ٹھہراؤ پیدا کر دیا تھا۔ پڑھی لکھی لڑکی تھی اس نے حالات سے فرار کی بجائے حالات سے سمجھوتہ کر کے ایک نئی زندگی شروع کی۔۔۔ اور اس نئی زندگی میں جو آسائشیں اسے ملیں وہ ان میں کھو گئی۔۔۔ چوں کہ اسے پہلے ہی ایک بار بے آبرو کر دیا گیا تھا لہٰذا وہ عزت آبرو کے آزار سے آزاد ہو گئی اور اپنے آپ کو حالات کے دھارے پر چھوڑ دیا۔ جب اچانک اس نے ایک رقاصہ کی حیثیت سے اپنے آپ کو تمھارے سامنے دیکھا تو اس کا ماضی اور ماضی کے سارے کرب اس کے ذہن پر چھا گئے۔ اس پر ایک بار پھر وحشت سوار ہو گئی اور وہ اسی وحشت کے زیر اثر ناچتی رہی۔ اس نے مرنے سے پہلے تم سے جو وعدہ لیا وہ ایک شریف لیکن مجبور لڑکی کی عزت نفس کا اظہار تھا۔۔۔ پھر شدت غم سے اس کے دماغ کی شریان پھٹ گئی۔

(۴) پروفیسر

پروفیسر احسان کا شمار شہر کے ایسے روشن روشن خیال لوگوں میں ہوتا تھا جو انفرادی ، اجتماعی، قومی اور بین الاقوامی زندگی کے ہر مسئلہ کا جائزہ معروضی طریقے سے لیتے تھے اور ان کے معروضی حل ہی کے قائل تھے۔ ڈاکٹروں کی ہدایت پر وہ پچھلے دو ہفتوں سے اپنی ایک بہن کے پاس کراچی سے تقریباً دو ڈھائی سو میل دور ایک چھوٹے سے قصبے میں مقیم تھے۔ پروفیسر احسان کو ایک طویل عرصے سے پیٹ میں تکلیف کی شکایت تھی۔ ایک تو پروفیسر عادتاً سست رفتار شخص تھے خاص طور پر اپنے معاملات یا تکالیف کی وہ بہت کم پرواہ کرتے تھے دوسرے ان کے مالی حالات اتنے بہتر نہ تھے کہ جدید علاج کی سہولتوں سے فائدہ اُٹھا سکیں۔ ابتداءً جب انھیں پیٹ کی تکلیف کچھ زیادہ محسوس ہوئی تو انھوں نے اپنے علاقے کے ایک ڈاکٹر سے رجوع کیا۔ ڈاکٹر نے دوائیں لکھ دیں وہ ڈاکٹر کی ہدایت کے مطابق استعمال کرتے رہے لیکن چار ہفتوں کے استعمال کے بعد بھی انھیں کوئی فائدہ نہ ہوا تو انھوں نے علاج بند کر دیا۔ پروفیسر احسان کے دوستوں میں ڈاکٹروں کی ایک بڑی تعداد شامل تھی۔ اپنے ایک دو دوست ڈاکٹروں سے جب انھوں نے اپنی تکلیف کا ذکر کیا تو انھوں نے ہنستے ہوئے کہا۔

بھائی اس شہر میں کس کا پیٹ اچھا ہے۔ دولت مندوں کے پیٹ اگر مرغن غذاؤں سے خراب ہیں تو عام انسانوں کے پیٹ غیر متوازن غذاؤں اور فاقوں سے تباہ ہیں۔ آپ کا مسئلہ یہ ہے کہ آپ بدقسمتی سے نہ صرف متوازن غذاء استعمال نہیں کرتے بلکہ ساری دنیا

کے مسائل پر سوچتے رہتے ہیں لہٰذا آپ کا پیٹ خراب ہونا کوئی حیرت کی بات نہیں۔ ذہن پر زیادہ بوجھ پڑنے سے معدے میں تیزاب زیادہ بنتا ہے لہٰذا پیٹ کا نارمل فنکشن تباہ ہو جاتا ہے۔ آپ سوچنا نہیں چھوڑ سکتے لہٰذا آپ کے پیٹ کا ٹھیک رہنا ممکن نہیں۔ ڈاکٹر رحمان نے کہا۔

پھر بھی چوں کہ آپ کو یہ تکلیف ایک عرصے سے ہے لہٰذا پیٹ کے کسی اسپیشلسٹ کو دکھادیں۔ ڈاکٹر رحمان نے انھیں شہر کے ایک ماہر سیٹر وانٹر ولوجسٹ کے نام ایک لیٹر دیا۔ جو شہر کے ایک بڑے سرکاری ہسپتال میں پیٹ کی بیماریوں کے شعبے کے سربراہ تھے۔

پروفیسر احسان نے جب اس ماہر ڈاکٹر کے اسسٹنٹ سے ٹائم کے لیے رجوع کیا تو اس نے بتایا ایک ماہ سے پہلے وقت نہیں مل سکتا۔ پروفیسر کے ہونٹوں پر ایک تلخ مسکراہٹ اُبھری انھوں نے اسسٹنٹ سے کہا۔

بھائی کیا میری تکلیف ایک ماہ تک بڑھ نہیں جائے گی۔

مجبوری ہے۔۔۔ یہ دیکھئے لسٹ۔۔۔ ڈیڑھ ماہ تک کے اپوائمنٹ سے رجسٹر بھرا ہوا ہے۔ اگر آپ کو جلدی ہے تو آپ ڈاکٹر صاحب سے رمپا پلازمہ میں مل لیجئے۔ وہاں آپ کو تین چار دن بعد کا ٹائم مل جائے گا۔ لیکن آپ کو آٹھ سو روپئے فیس دینا ہو گا۔

پروفیسر احسان نے سوچا۔۔۔ آٹھ سو روپئے وہ اپنے ٹائٹ بجٹ میں سے کس طرح بچائیں گے۔ سرکاری ہسپتال سے گھر واپس آکر وہ اس مسئلہ پر غور کرتے رہے۔ ان کے ذاتی اخراجات میں صرف دو آئیٹم ایسے تھے جس پر ان کا کچھ پیسہ ضائع ہوتا تھا۔ وہ تھے سگریٹ اور چائے۔ پروفیسر کو دن میں اگر صرف ایک وقت کھانا مل جائے تو اس کی انھیں کوئی چنتا نہ تھی لیکن سگریٹ کے دو پیکٹ اور دن بھر میں آٹھ دس پیالی چائے

لازمی تھی۔ جب تک وہ کالج میں ہوتے انھیں کالج کے چھوٹے سے کینٹین سے چائے مل جاتی تھی۔ جس کی قیمت برائے نام ہوتی تھی لیکن سگریٹ۔۔۔ پروفیسر کو ہر روز سگریٹ خریدنا ہوا تھا۔

گاؤں کی صاف ستھری فضاء ہر طرف لہلہاتے ہوئے کھیت، یہ سب پروفیسر احسان کو بڑا بھلا لگتا تھا۔ لیکن گائں میں ایک عجیب طرح کی خاموشی تھی یوں لگتا تھا جیسے سارے گاؤں پر کسی آسیب کا سایہ ہے۔ ایک نامعلوم خوف کی پرچھائیں گاؤں کے ہر شخص کے چہرے پر نظر آتی تھیں۔ آج پروفیسر کا دل اچاٹ ہو رہا تھا۔ وہ سرشام نہر کی طرف نکل گئے۔ نہر کے کنارے بڑا سکون تھا۔ فضاء میں سر اٹھائے کھڑی فصلوں کی مہک رچی ہوئی تھی۔ چاند نکل آیا تھا۔ شہر کے لوگ ایسے پر سکون ماحول کو خواب میں تو دیکھ سکتے تھے لیکن ان کی عملی زندگی میں ایسا پر سکون ماحول انھیں میسر نہ تھا۔ نہر کے قریب ایک چھوٹا سا خوبصورت بنگلہ تھا۔ یہ ایک خاصا بڑا قصبہ تھا لیکن سندھ کی دیہی زندگی صدیوں سے جس وڈیرہ شاہی نظام کے پیروں تلے کچلی آرہی تھی۔ اس گاؤں میں اس کی کسک ہر طرف دیکھی جاسکتی تھی۔ قصبے کی تقریباً پچیس ہزار کی آبادی کے لیے صرف دو پرائمری اسکول تھے۔ البتہ جگہ جگہ مسجد مدرسے موجود تھے۔ جہاں گاؤں کے ہاریوں کے بچوں کو مفت دینی تعلیم فراہم کی جاتی تھی۔ میرپور کا غیر سرکاری حکمران محمد بخش چانڈیو جو اس قصبے کے وڈیرے خاندان کا سربراہ تھا۔۔۔ مسجد مدرسوں کے مولویوں کی سرپرستی کرتا تھا۔ قصبے میں اگر کوئی نیا آدمی آتا تو وڈیرے کے کارندے فوری وڈیرے کو خبر کر دیتے تھے۔ جب پروفیسر احسان اپنی بہن کے پاس آئے تو دوسرے ہی دن چانڈیو کو اس کی اطلاع مل گئی۔ لیکن جب کارندوں نے پوری کھوج کے بعد وڈیرے کو یہ رپورٹ دی کہ نیا آنے والا ایک بیمار انسان ہے اور ڈاکٹروں کی ہدایت پر کچھ عرصہ یہاں اپنی بہن کے

پاس تبدیلی آب وہوا کے لیے آیا ہو تو انھیں نظر انداز کر دیا گیا۔

رات کے نو بج رہے تھے۔ پروفیسر احسان نہر میں بہتے ہوئے پانی کی مدھر موسیقی سے لطف اندوز ہو رہے تھے۔۔۔ گاؤں کی پر سکون فضا نے ان کی صحت پر کچھ بہتر اثرات مرتب کئے تھے۔ لیکن ڈاکٹروں نے ان کی بیماری کا جو بڑا سبب بتایا تھا وہ یہاں بھی پوری طرح ان پر مسلط تھا وہ تھی سوچ، زندگی کی ظلمتوں کے بارے میں معاشرے میں قدم قدم پر دکھائی دینے والی ناانصافیوں اور ظلم۔۔۔ پر سوچنا اور کڑھنا۔۔۔ وہ اکثر سوچتے تھے کہ سوچنا کس طرح چھوڑا جاسکتا ہے؟ لیکن اس سوال کا جواب یہی آتا کہ پروفیسر اگر تم نے سوچنا چھوڑ دیا تو پھر تمھارے پاس کیا رہ جائے گا؟ وہ نہر کے کنارے آم کے ایک پیڑ سے ٹیک لگا کے بیٹھے ماضی کے دھندلکوں میں بار بار کھو جاتے تھے۔ بیوی بچوں کے شدید اصرار پر انھوں نے نہ صرف سگریٹ پینا کم کر دیا تھا بلکہ اب وہ نسبتاً کم قیمت والی سگریٹ استعمال کر رہے تھے اور اس بچت کی وجہ سے وہ شہر میں ڈاکٹر رحمان کے تجویز کردہ اسپیشلسٹ سے اپوائنمنٹ لینے میں بھی کامیاب رہے تھے۔ پروفیسر ڈاکٹر ارشاد نے مشکل سے سات آٹھ منٹ انھیں دیئے۔ پروفیسر احسان نے مختصر الفاظ میں اپنی تکلیف بتائی ڈاکٹر ارشاد نے انھیں کچھ دوائیں لکھ کر دیں اور کہاں کہ وہ انڈسکوپی کرائیں۔ پروفیسر ڈاکٹر ارشاد کا شمار شہر کے مشہور گیسٹر وانٹر ولوجسٹوں میں ہوتا تھا۔ اس پرائیویٹ کلینک میں وہ ہر مریض سے ایک وزٹ کے آٹھ سو روپے لیتے تھے اور ہر روز تیس پینتیس مریض دیکھتے تھے۔ پروفیسر احسان نے ڈاکٹر ارشاد کے سیکریٹری سے جب انڈسکوپی کی فیس پوچھی تو اس نے تین ہزار بتائی۔ وہ مایوسی کے ساتھ واپس ہوئے۔ جب وہ گھر کے لیے بس میں سوار ہوئے تو اتفاق سے انھیں نشست مل گئی وہ اپنی نشست پر بیٹھے ہوئے حساب لگا رہے تھے۔ انھیں صرف ایک بار شہر کے ایک بڑے ڈاکٹر کو

دکھانے کے لیے اپنے سگریٹوں میں کمی کرنی پڑی اور برانڈ بھی بدلنا پڑا۔۔۔ جب کہ پورفیسر ارشاد ہر روز 30-35 مریضوں کو دیکھتے تھے۔ جس کی فیس انھیں پچیس ہزار سے زیادہ وصول ہوتی تھی۔ وہ زیر لب مسکراتے رہے۔ شدت احساس سے ان کا ذہن جھنجھنا اُٹھا۔ ان کا مطالعہ بہت وسیع تھا۔ وہ بار سال سے کالج میں پڑھا رہے تھے۔ ان کا شمار بہترین اساتذہ میں ہوتا تھا۔ پروفیسر کی حیثیت سے پڑھاتے ہوئے انھیں چار سال ہو رہے تھے۔ اس طویل تدریسی زندگی کے باوجود انھیں ہمیشہ معاشی مشکلات کا سامنا رہتا۔ اب انھیں اپنے آپ کو پروفیسر کہتے یا لکھتے ہوئے سخت ذہنی اذیت ہوتی تھی اور جب سے ڈاکٹر ارشاد سے ان کی ملاقات ہوئی تھی اپنے نام کے ساتھ لفظ پروفیسر انھیں بالکل اچھا نہیں لگ رہا تھا۔ احساس کی اس شدت نے معدے کو اور متاثر کرنا شروع کیا وہ جب بس سے اتر کر گھر جاتے ہوئے میڈیکل اسٹور پر رک کر دواؤں کی قیمت معلوم کرنے لگے تو میڈیکل اسٹور کے مالک نے جو انھیں جانتا تھا ہنستے ہوئے کہا۔

پروفیسر صاحب یہ کہاں سے اتنی مہنگی دوائیں لکھالائے۔ اس میں صرف ایک گولی کی قیمت ستاون روپئے ہے۔ دواؤں کا روز کا مجموعی خرچ ایک سو سترہ کے لگ بھگ ہوگا۔ ڈاکٹر ارشاد نے دو ہفتے تک یہ دوائیں کھانے کا مشورہ دیا تھا یعنی دو ہفتوں کی دوا کا خرچ سترہ اٹھارہ سو روپئے تھا۔ پروفیسر احسان نے پرچی پھاڑ کر پھینک دی اور سگریٹ سلگا کر گھر کی طرف روانہ ہو گئے۔

پروفیسر کا ذہن ماضی میں سفر کر رہا تھا کہ قریب ایک کار کے رکنے کی آواز پر وہ چونکے۔ دو آدمی کار سے اترے ان میں سے ایک نے بڑے ادب سے کار کا پچھلا دروازہ کھولا۔۔۔ ایک نوجوان کار سے لڑکھڑاتے ہوئے باہر آیا۔ اس کے ساتھ 16-17 برس کی ایک انتہائی حسین لڑکی تھی۔ دونوں اس مکان کی طرف لڑکھڑاتے ہوئے چلے گئے جو

لہلہاتے کھیتوں کے درمیان چاندنی میں سر اٹھائے کھڑا تھا۔ پروفیسر احسان غیر ارادی طور پر درخت کی دوسری طرف تاریکی میں ہو گئے۔ انھیں وڈیروں کی نادر شاہی ذہنیت کا اندازہ تھا۔ آنے والا چانڈیو خاندان ہی کا کوئی چشم و چراغ ہو سکتا تھا۔ ان کی یہاں موجودگی کو گستاخی پر محمول کیا جا سکتا تھا اور وڈیرے کسی گستاخی کو برداشت نہیں کر سکتے تھے۔

جب نوجوان مکان میں داخل ہوا تو دونوں نوجوان جو وڈیرے کے کارندے معلوم ہو رہے تھے۔ پانی پینے کے لیے۔۔۔ نہر کے پاس آئے ان میں سے ایک نے کہا۔

یار بخشو۔۔۔ بالی بھائی بتا رہا تھا۔۔۔ اس کنجری کی ماں نے نتھ اتارنے کے پچاس ہزار نقد لیے ہیں۔

لئے ہوں گے، بھئی لونڈیا ہے بھی تو بہت خوبصورت۔۔۔

سائیں ابھی جوان ہوا ہے۔۔۔ بڑے سائیں کا چہیتا بیٹا ہے۔۔۔ اسے کس چیز کی کمی ہے۔۔۔ دوسرے نے ہنستے ہوئے کہا۔ بھائی ان سائیوں کی آمدنی بھی تو بے حساب ہے۔۔۔ بالی بھائی ایک دن شراب کے نشے میں کہہ رہا تھا۔

بخشو۔۔۔ سائیں نے اس سال چھوٹی عید پر بہت سے بندوں کو حج پر بھیجا تھا۔ جانتا ہے اس دھندے میں سائیں کو کتنا فائدہ ہوا۔ ہاہاہا۔۔۔ تو سنے گا تو تیرا دل دھڑکنے لگے گا۔ بخشو میں بڑے سائیں کا خاص کارندہ ہوں۔ بڑا سائیں، مجھ پر بہت بھروسہ کرتا ہے۔ وہ جب نشے میں ہوتا ہے تو بہت ساری ایسی باتیں بتا دیتا ہے جو بتائی نہیں جاتیں۔ وہ عید کے دوسرے دن فلم انڈسٹری کی ایک ٹاپ کی ہیروئین کے ساتھ اپنے پرائیویٹ بنگلے میں دادِ عیش دے رہا تھا۔ تجھے پتہ ہے اس ہیروئین نے ایک رات کا کتنا معاوضہ لیا تھا۔

ڈیڑھ لاکھ!

بڑا سائیں اس ہیروئین سے ہنستے ہوئے کہہ رہا تھا۔

جانِ من۔۔۔ ڈیڑھ لاکھ تمھارے لیے بہت ہوں گے اپنے لیے کچھ نہیں اس سال صرف حج سیزن پر ہم نے 80 لاکھ روپئے کمائے ہیں۔ پیسہ ہمارے ہاتھ کا میل ہے۔ ہمارے بچے گرمیوں میں یورپ چلے جاتے ہیں تو 20-25 لاکھ روپئے خرچ کر دیتے ہیں۔ ابھی ہم اپنے میڈیکل چیک اپ کے لیے امریکہ گئے تھے بیس لاکھ روپئے خرچ ہو گئے۔

بخشو۔۔۔ ان سائیوں کی بڑی کمائی ہے۔ اللہ ان پر بڑا مہربان ہے۔ ہم تو بس کبھی چوری چھپے ان کی بوتلوں سے بچی ہوئی شراب پی کر ہی موج کر لیتے ہیں۔

دونوں کارندے پانی پی کر کار کی طرف چل دیے۔ پروفیسر نہر کے کنارے کھڑے تناور درختوں کے نیچے پھیلے ہوئے اندھیروں میں چپکے سے گاؤں کی طرف چلنے لگے۔

پروفیسر احسان جب اپنی بہن کے گھر میں داخل ہوئے تو رات گہری ہو رہی تھی۔ پروفیسر کی بہن کے شوہر گاؤں کے پرائمری اسکول میں ٹیچر تھے۔ یہاں تقریباً گیارہ برس سے رہ رہے تھے۔ انھیں گاؤں کے ماحول کا اندازہ ہو گیا تھا۔ آدمی سمجھدار تھے بہت جلد انھوں نے اپنے آپ کو گاؤں کے حالات کے مطابق ڈھال لیا۔ اس لیے وڈیرے سے انھیں کوئی خطرہ نہ تھا۔ لیکن وہ پروفیسر احسان کے اپنے یہاں قیام سے گھبرائے ہوئے تھے۔ انھیں کہیں کسی دن پروفیسر کوئی ایسی بات نہ کہہ دیں جو گاؤں کے مالکان کے مزاج کے خلاف ہو۔ اگرچہ کہ انھوں نے پروفیسر کو پہلے دن ہی ساری بات سمجھا دی تھی لیکن پھر بھی ان پر ایک خوف سا طاری تھا۔ پروفیسر کے اتنی رات تک گھر سے غائب رہنے سے انھیں تشویش ہو رہی تھی وہ بار بار بیوی کو ڈانٹ رہے تھے کہ اس نے پروفیسر کو رات میں نہر کی طرف کیوں جانے دیا۔ جب پروفیسر گھر میں داخل ہوئے تو ان کی جان میں جان آئی۔

بھائی جان میں تو ڈر گیا تھا۔۔۔انھوں نے اطمینان کا سانس لیتے ہوئے کہا۔

کیوں۔۔۔پروفیسر احسان نے اپنے بہنوئی کی طرف مسکراتے ہوئے دیکھ کر کہا۔

بھائی جان۔ آپ کے مزاج سے میں واقف ہوں مجھے ہر وقت یہ خوف لاحق رہتا ہے کہ کہیں آپ کسی بات پر بھڑک نہ جائیں اور کوئی ایسی بات نہ ہو جائے جو ہم سب کے لیے مصیبت کھڑی کر دے۔ یہاں ہر طرف وڈیرے کے کارندے گسٹاپو کے کارکنوں کی طرح پھیلے رہتے ہیں۔ گاؤں میں آنے والے ہر نئے آدمی پر ان کی نظر ہوتی ہے۔۔۔ میں نے آپ کے بارے میں کافی پروپیگنڈہ کر دیا ہے کہ آپ بیمار ہیں چند دنوں کے لیے ڈاکٹر کی ہدایت پر تبدیلی آب وہوا کے لیے آئے ہیں۔ لیکن پھر بھی ایک خوف سا لگا رہتا ہے۔ شہر کی محفلوں میں آپ جس دھڑلے سے معاشرے میں پائی جانے والی برائیوں کے خلاف بولتے رہتے ہیں۔۔۔ یہاں تو آپ نے اندازہ کر لیا ہے تاکہ پورا گاؤں بے زبان ہے اور ایک موہوم سے خوف کے غلاف میں لپٹا ہوا رہتا ہے۔ ابھی وہ آپس میں اس قسم کی گفتگو کر رہے تھے کہ ایک عورت کی کربناک چیخ نے رات کے سناٹے کر مرتعش کر دیا۔

پروفیسر احسان نے جواب طلب نظروں سے اپنی بہن کی طرف دیکھا۔

یہ شاداں ہے۔۔۔ایک ہاری کی لڑکی۔۔۔پروفیسر احسان کی بہن کی آواز بھرا گئی۔ شاداں۔۔۔ واحد بخش کو بہت چاہتی تھی جو اس کی خالہ کا لڑکا تھا واحد بخش بھی شاداں سے بے حد پیار کرتا تھا۔ ان دونوں کی منگنی بھی ہو گئی تھی۔ ان دونوں کی محبت کے چرچے سارے گاؤں میں ہو رہے تھے۔

بھیا۔۔۔ بڑے سائیں کے چہیتے بیٹے راجہ کے کانوں تک جب شاداں کے حسن و عشق کی باتیں پہنچیں تو اس نے اپنے کارندوں سے شاداں کو دیکھنے کی خواہش ظاہر

کی۔۔۔ شاداں کے ماں باپ شاداں کی بہت حفاظت کرتے تھے۔ انھیں پتہ تھا کہ اگر وڈیرے کے خاندان کے کسی نوجوان کی نظر شاداں پر پڑ گئی تو اس کا بچنا محال ہے۔۔۔ شاداں کے ماں باپ اسے گھر سے باہر نکلنے نہیں دیتے تھے۔ جب راجہ کو پتہ چلا کہ شاداں گھر میں بند رہتی ہے تو وہ غصے سے پاگل ہو گیا۔ ایک دن واحد بخش کھیتوں سے آ رہا تھا راجہ کے کارندوں نے اسے قتل کر دیا۔ جب واحد بخش کی لاش گھر لائی گئی اور شاداں نے اسے دیکھا تو۔۔۔ وہ اس صدمے سے پاگل ہو گئی۔۔۔ اور اسی پاگل پن نے اسے راجہ کے پنجوں سے بچا لیا۔۔۔ اس واقعہ کو دو سال ہو رہے ہیں۔ گاؤں کی خوبصورت ترین لڑکی اب ہڈیوں کا ڈھانچہ بن گئی ہے۔ نہ اسے اپنا ہوش ہے نہ کھانے پینے کا خیال۔۔۔ بھیا جب اس پر دورہ پڑتا ہے تو وہ آپے سے باہر ہو جاتی ہے اور اس کی دردناک چیخوں سے گاؤں گونجنے لگتا ہے۔ وڈیرے نے شاداں کے باپ سے کہا ہے کہ وہ اسے پاگل خانے میں داخل کر دے۔ شاداں کے ماں باپ وڈیرے سے اب تک مہلت طلب کرتے رہے لیکن اب وڈیرے نے انھیں دو ہفتے کا آخری ٹائم دیا ہے۔

ہو نہہ۔۔۔ پروفیسر احسان کی آواز بہت بھاری تھی۔

پروفیسر کی بہن نے پروفیسر سے کھانا کھانے کے لیے کہا لیکن پروفیسر نے کھانے سے انکار کر دیا۔ آج ان کے پیٹ کی تکلیف بہت بڑھ گئی تھی۔ پروفیسر نے اپنی بہن کو بتا دیا کہ وہ صبح کراچی چلے جائیں۔

کراچی پہنچنے کے بعد پروفیسر بس سے اتر کر جب گھر جانے کے لیے ویگن کی طرف جا رہے تھے تو بے خیالی میں وہ ایک کار سے ٹکرا گئے۔ کار رک گئی۔ کار سے ایک ادھیڑ عمر کا کارٹون نما انسان اترا۔ اس کے جسم پر ایک نفیس سوٹ تھا۔ لیکن اس کی زلفیں کندھوں پر لٹک رہی تھیں۔۔۔ مونچھیں بڑی بڑی تھیں۔ وہ ایک مطب میں داخل ہوا۔ مطب

کی دیوار پر پروفیسر کوکب ماہر روحانیات لکھا ہوا تھا۔۔۔ پرانی سے پرانی بیماری۔۔۔ جادوٹونہ۔۔۔ محبت میں ناکامی۔۔۔ سفلی علم کا توڑ۔۔۔ شرطیہ کامیابی۔۔۔ پروفیسر احسان نے دیکھا پروفیسر کوکب کا مطب ضرورت مندوں سے بھرا ہوا تھا۔ شہر کے بیچوں بیچ پروفیسر کوکب شہر کے لوگوں کو لوٹ رہا تھا۔۔۔ ایسے بے شمار پروفیسر شہر میں بیماریوں کا علاج کر رہے تھے اور روپیہ بٹور رہے تھے۔ پروفیسر احسان کے حلق سے ایک زوردار قہقہہ باہر آیا۔ پروفیسر کوکب نے پلٹ کر پروفیسر احسان کی طرف دیکھا۔۔۔ اور مطب میں داخل ہوتے ہوئے بولا۔

شہر میں پاگلوں کی تعداد تیزی سے بڑھ رہی ہے۔۔۔ پروفیسر کوکب کے ریمارکس سن کر پروفیسر احسان کی آنکھوں میں آنسو آ گئے۔ وہ رومال سے آنسو پونچھتے ہوئے ویگن کی طرف بڑھ گئے۔

(۵) پاگل

آگرہ کے پاگل خانے میں جس مریض کو لایا گیا تھا وہ ایسی حیرت انگیز حرکتیں اور باتیں کر رہا تھا کہ سارے ڈاکٹر اور نرسنگ اسٹاف کو اس سے ایک خاص دلچسپی پیدا ہو گئی تھی۔اسے مقامی پولس کے دو سپاہی ہسپتال میں چھوڑ کر گئے تھے۔سپاہی ہری کرشن نے آر ایم او کو بتایا کہ یہ پاگل ہر آنے جانے والے کو پکڑ اس کا نام پوچھتا ہے۔ اگر کوئی اسے اپنا نام مرلی دھر بتاتا تو وہ ایک زور دار قہقہہ لگا کر کہتا۔

تم جھوٹ بول رہے ہو۔ تمہارا نام مرلی دھر نہیں مولوی دلدار علی ہے اور اگر کوئی شخص اپنا نام عبد القادر بتاتا تو وہ ایک زوردار قہقہہ لگا کر کہتا تم جھوٹ بول رہے ہو تمہارا نام پنڈت گوپی ناتھ ہے۔وہ کسی کو را کا ایجنٹ کہتا کسی کو آئی ایس آئی کا ایجنٹ کہتا اور زور دار قہقہہ لگا کر آگے بڑھ جاتا وہ راستہ چلنے والی عورتوں کو روک کر کہتا۔

بہن جی۔۔۔میرا نام اسٹار پلس ہے میں نہ ہندو ہوں نہ مسلمان نہ سکھ نہ عیسائی میں مریخ سے آیا ہوں میرا اس دنیا سے کوئی تعلق نہیں ہے۔ مجھ میں مستقبل میں جھانکنے کی شکتی ہے۔ میں تمھیں بتا سکتا ہوں کہ تم عنقریب بیوہ ہونے والی ہو۔ تمھارا شوہر ایک بم دھماکے میں مارا جائے گا۔

کسی عورت سے کہتا ہے۔۔۔ ماں جی تمھارا بیٹا عنقریب تم سے جدا ہو جائے گا۔ ہمیشہ کے لئے۔۔۔ وہ کنٹرول لائن پر دھرتی کی رکشا کرتے ہوئے شہید ہو جائے گا۔ شہید۔۔۔ ہاہاہا۔۔۔ سیدھا سورگ میں جائیگا بس وہ اس قسم کی بے معنی باتوں سے

پریشان تھے۔

سپاہی ہری کرشن نے بتایا۔۔۔ یہ شخص کئی دن سے علاقے میں اسی قسم کی حرکتیں کر رہا ہے۔ جب اس کا نام پوچھا جائے تو وہ اپنا نام اسٹار پلس بتاتا ہے اور کہتا ہے مریخ سے آیا ہوں۔

ہسپتال کے آر ایم او ڈاکٹر پرشانت نے جب اس سے پوچھا۔

تمہارا کوئی عزیز رشتہ دار ہے؟ تو اس نے ایک قہقہہ لگا کر جواب دیا۔

ڈاکٹر صاحب ہندوستان اور پاکستان کے درمیان جنگوں اور دہشت گردی کارروائیوں میں اب تک جتنے لوگ مارے گئے میں وہ سب میرے عزیز ہیں۔ کوئی میرا باپ ہے کوئی ماں کوئی بھائی کوئی بہن کوئی بیٹا۔

تم رہتے کہاں ہو۔۔۔ ڈاکٹر پرشانت نے جب پاگل سے سوال کیا تو اس نے ایک دم سنجیدہ ہوتے ہوئے کہا۔

ڈاکٹر صاحب میں پہلے درختوں پر غاروں میں رہتا تھا۔ ننگا پھرتا تھا۔ لوگ مجھے اس زمانے میں وحشی کہتے تھے۔ وحشی اس لئے کہتے تھے کی میں پیٹ کی آگ بجھانے کے لئے پرندوں اور جانوروں کا شکار کر کے ان کا گوشت کچا کھا جاتا تھا۔ لیکن میں کسی انسان کو نہیں مارتا تھا۔ خواہ بھوک سے میرا کتنا ہی برا حال کیوں نہ ہو۔۔۔ لیکن میں اب دنیا کے ہر شہر میں رہتا ہوں بہترین کپڑے پہنتا ہوں۔ شاندار مکان میں رہتا ہوں۔ میرے پاس ہر موڈل کی گاڑیاں ہیں مجھے زندگی کی ہر آسائش حاصل ہے میں اب دنیا کا ایک مہذب انسان ہوں۔ میں ہتھیار بنانے کے لئے کارخانوں کا مالک ہوں۔ میں سای دنیا کو ہتھیار سپلائی کرتا ہوں۔

ڈاکٹر صاحب کوریا کی جنگ میں میں نے ہی جدید ترین ہتھیار سپلائی کیے۔ جرمنی کے

دو حصہ میں میں نے ہی کئی۔ ویت نام کی جنگ میں میرے ہی کارخانوں کا بنا ہوا ہتھیار استعمال ہوا۔ ہاں ایک بات اور بتاؤں۔ مگر آپ کسی سے اس کا ذکر نہ کریں۔ میں آپ کو اپنا آدمی سمجھ کر بتا رہا ہوں ناگاساکی اور ہیروشیما پر جو بم گرائے گئے تھے وہ میرے ہی بنائے ہوئے تھے۔ آہاہاہا۔۔۔ ڈاکٹر صاحب یہ بات آپ کسی کو بتانا نہیں۔ میں ایک مہذب انسان ہوں۔ میں اب نہ درختوں پر رہتا ہوں نہ غاروں میں میں اب اوون میں روسٹ کی ہوئی مرغی کھاتا ہوں۔ کچا گوشت نہیں کھاتا۔۔۔ میں دنیا کے بہترین ڈیزائن میکروں سے اپنا لباس سلواتا ہوں۔

جانے اور کیا کیا بکواس وہ کرتا رہا۔۔۔ ڈاکٹر پرشانت نے جو ابھی نیا نیا ہسپتال میں آیا تھا اس پاگل کی باتیں سن کر ہنستا رہا اور آخر اس نے پاگل کو نیند کا ایک انجکشن لگا دیا تھوڑی ہی دیر بعد پاگل خراٹے لینے لگا۔

صبح نو بجے جب پروفیسر رام سہائے ہسپتال آئے تو ڈاکٹر پرشانت نے ایک فائل ان کے سامنے رکھی۔ پروفیسر رام سہائے نے بڑے غور سے فائل میں دی گئی تفصیلات کے بارے میں پڑھا۔۔۔ اور ایک زوردار قہقہہ لگایا۔

ڈاکٹر پرشانت جو نیا نیا اسپتال میں آیا تھا۔۔۔ پروفیسر رام کا قہقہہ سن کر تذبذب میں پڑ گیا۔ کیا پروفیسر بھی پاگل ہو گئے ہیں۔ کیا ہے کوئی چھوت کی بیماری ہے ؟ اس نے تشویش سے پروفیسر کی طرف دیکھا۔

سر۔۔۔ آپ کی طبیعت تو ٹھیک ہے۔۔۔ ہاں پرشانت۔۔۔ میں بالکل ٹھیک ہوں۔ مجھے پاگلوں کا علاج کرتے ہوئے اب 32 سال ہو رہے ہیں میں کئی ہسپتال میں کام کر تا رہا ہوں اب تک جانے کیسے کیسے کیس میرے سامنے آئے لیکن یہ مریض۔۔۔ مائی گاڈ۔۔۔ یہ مریض تو۔۔۔ ہاہاہا۔۔۔ پروفیسر رام نے ایک اور قہقہہ لگایا۔۔۔

پرشانت مریض کہاں ہے۔۔۔؟

سر اسے ایک علیحدہ کمرے میں بند کیا گیا ہے۔۔۔ وہ دوسرے مریضوں کے ساتھ رہنے کے لئے تیار نہیں۔ وہ کہتا ہے میں مریخ کا باشندہ ہوں۔ میں انسانوں کے ساتھ رہنا نہیں چاہتا۔۔۔

گڈ۔۔۔ بڑا دلچسپ کیس ہے۔۔۔ چلو ذرا میں اس مریض کو دیکھنا چاہتا ہوں۔

پروفیسر ابھی ڈاکٹر پرشانت سے باتیں ہی کر رہے تھے کہ ڈاکٹر رحمان آ گئے۔ ڈاکٹر رحمٰن کا شمار بھی ہسپتال کے سینئر ڈاکٹروں میں ہوتا تھا۔

ڈاکٹر رحمن بڑے نمازی، پرہیز گار انسان تھے ان کے چہرے پر ایک خوبصورت داڑھی تھی۔ پیشانی پر نماز کا ایک خوبصورت داغ تھا۔ وہ مریض کے ساتھ بہت شفقت سے پیش آتے تھے۔ اس وجہ سے بہت سارے خطرناک مریض بھی ڈاکٹر رحمن کے مشفقانہ سلوک سے آہستہ آہستہ بے ضرر ہو جاتے تھے۔

جب ڈاکٹر رام نے نئے مریض کی فائل ان کی طرف بڑھاتے ہوئے کہا۔

ڈاکٹر اس فائل کو ذرا غور سے پڑھئے بڑا دلچسپ کیس ہے۔۔۔ آپ اسے پڑھ لیں تو ہم اس مریض کو دیکھنے کے لئے چلتے ہیں۔

ڈاکٹر رحمان جیسے جیسے فائل پڑھ رہے تھے ان کے چہرہ کے تاثرات بدلتے جا رہے تھے جب وہ پوری فائل پڑھ چکے تو ان کے حلق سے بھی ایک زور دار قہقہہ نکل گیا۔

ڈاکٹر پرشانت جو نیا نیا اسپتال میں آیا تھا۔ حیرت سے کبھی پروفیسر رام کو دیکھ رہا تھا کبھی ڈاکٹر رحمٰن کو۔

ہے دلچسپ کیس۔۔۔۔۔۔ پروفیسر سہائے نے ڈاکٹر رحمان کی طرف دیکھتے ہوئے کہا۔

آف کورس ویری انٹرسٹنگ۔۔۔ ڈاکٹر رحمٰن اور پروفیسر رام ڈاکٹر پرشانت کے ساتھ نئے مریض کے کمرے کی طرف چل پڑے۔

سلاخوں سے بنے ہوئے دروازے سے چپک کر ایک 32-30 سالہ انسان سلاخیں توڑنے کی کوشش کر رہا تھا۔

یہاں کیوں بند کیا گیا ہے۔۔۔ میں نے کیا جرم کیا ہے۔۔۔ نالائقو تم مجھے نہیں جانتے میں مریخ سے آیا ہوں۔۔۔ میرا نام اسٹار پلس ہے۔۔۔ میں تو لوگوں کو ایسی سزا دوں گا کہ تم زندگی بھر یاد رکھو گے۔۔۔ کھولو یہ سلاخوں کا گیٹ کھولو۔

میں بیسویں صدی کا مہذب انسان ہوں۔ میں سائنس اور ٹکنالوجی کی ترقی کے گھوڑے پر سوار ہو کر اکیسویں صدی میں داخل ہو رہا ہوں۔ میرے ایک ہاتھ میں ایٹم اور ہائیڈروجن بم ہیں دوسرے میں جراثیم ہتھیار۔۔۔ میرے پاس ایٹمی ہتھیاروں کا اتنا بڑا ذخیرہ ہے کہ میں تمہاری اس دنیا کو ہزار بار تباہ کر سکتا ہوں۔ میرا نام چنگیز خان ہے۔۔۔ ہلاکو خان ہے۔۔۔ ہٹلر ہے۔۔۔ ہر دور میں اپنا نام تبدیل کر لیتا ہوں۔ تم کون ہو۔۔۔ اس نے پروفیسر رام کی طرف غور سے دیکھتے ہوئے کہا۔

ڈاکٹر پرشانت نے کہا۔

یہ ہمارے سر ہیں۔۔۔ پروفیسر رام سہائے۔

ہاہاہا۔۔۔ رام۔۔۔ ہاہاہا۔۔۔ بڑا اچھا نام ہے۔۔۔ رام سہائے۔۔۔

پروفیسر رام راجیہ کے بارے میں آپ کا کیا خیال ہے۔۔۔ پروفیسر رام سہائے کہیں آپ رام راجیہ کے علمبردار تو نہیں؟

پروفیسر بہت غور سے مریض کو دیکھ رہے تھے۔ مریض کے ریمارک سن کر مسکرانے لگے۔

نو۔۔۔۔ مسٹر اسٹار پلس۔۔۔۔ میں صرف ڈاکٹر ہوں میں مریضوں کا علاج کرتا ہوں۔ میں کوئی سیاسی لیڈر نہیں۔ رام راجیہ وغیرہ سے میرا کوئی تعلق نہیں۔

پروفیسر۔۔۔۔ اگر تم جو کچھ کہہ رہے ہو وہ سچ ہے تو فوری اپنے نام کے ساتھ رام کا لفظ الگ کر لو۔۔۔۔ ورنہ کوئی دہشت گرد کوئی مجاہد تمھیں بم سے اڑا دے گا۔

یہ کون ہیں۔ کوئی مولانا۔۔۔۔ کوئی مولوی۔۔۔۔ اسٹار پلس نے ڈاکٹر رحمٰن کی طرف غور سے دیکھا۔

یہ اس اسپتال کے سینئر ڈاکٹر ہیں۔ ڈاکٹر رحمٰن۔۔۔۔ پروفیسر رام سہائے نے ڈاکٹر رحمٰن کا تعارف کراتے ہوئے کہا۔ یہ اس ہسپتال کے ایسے ڈاکٹر ہیں جنھوں نے اپنے حسن سلوک سے وحشی مریض کو بھی موم بنا دیا۔

اچھا۔۔۔۔ اسٹار پلس نے طنزیہ لہجے میں کہا۔

اگر واقعی یہ ایسے رحم دل ڈاکٹر ہیں تو پھر انھیں فوری اپنا نام بدل لینا چاہئے اور۔۔۔۔

پروفیسر۔۔۔۔ اگر ڈاکٹر رحمٰن بُرا نہ مانے تو میرا ایک مشورہ ہے۔ انھیں فوری اپنی داڑھی کو اپنے سے الگ کر دینا چاہئے ورنہ یہ کسی بال ٹھاکرے کی گولی کا نشانہ بن جائیں گے۔

ڈاکٹر رحمن نے حیرت سے پروفیسر رام کی طرف دیکھا۔ اور آہستہ سے کہا۔

پروفیسر۔۔۔۔ یہ دیوانہ تو بڑا ہوشیار لگ رہا ہے۔

ہاں۔۔۔۔ بڑا دلچسپ کیس نظر آ رہا ہے۔

تم نے اپنا نام اسٹار پلس بتایا۔۔۔۔ یہ نام کس نے تمھیں دیا ہے۔۔۔۔

پروفیسر۔۔۔۔ یہ نام کسی نے مجھے نہیں دیا۔ یہ نام میں نے جدید ہتھیاروں کی بین

الاقوامی منڈی سے دوایٹم بم کے عوض خریدا ہے۔ کیوں آپ کو یہ نام پسند نہیں آیا؟

رام اور رحمان جیسے ناموں سے اب خود رام اور رحمن خود گھبرانے لگے ہیں اس لئے میں نے دوایٹم بم کے بدلے یہ نام خریدا ہے۔ کیا آپ کو پسند نہیں آیا۔

نہیں ہمیں بہت پسند آیا۔ بہت اچھا نام ہے۔

کیا تم پڑھے لکھے ہو۔۔۔؟ڈاکٹر رحمان نے سوال کیا۔

ہاہاہا۔۔۔ کیا میں آپ کو گدھا لگ رہا ہوں۔ میں نے تاریخ پڑی ہے۔ جغرافیہ پڑھا ہے۔۔۔ سائنس پڑھی ہے۔ ایٹمی سائنس پڑھی ہے۔۔۔۔ قرآن شریف اور گیتا پڑھی ہے۔ بائبل اور گرنتھ پڑھا ہوں۔ میں بہت پڑھا لکھا ہوں۔ میں زمین سے آسمان تک کا علم جانتا ہوں۔ اب تو خلاء کے اسرار سے بھی واقف ہو رہا ہوں۔ لیکن ڈاکٹر رحمٰن گدھے پر کتنی ہی کتابیں لاد دو پھر بھی وہ گدھا ہی رہتا ہے نا۔ میں مقدس سائنس، تاریخ اور جغرافیہ کی سات کتابیں پڑھنے کے باوجود گدھے کا گدھا ہی رہ گیا ہوں اگر یقین نہ ہو تو میرے سر پر سینگ تلاش کر کے دیکھ لو۔۔۔!

ڈاکٹر۔۔۔ پروفیسر۔۔۔ تم بتا سکتے ہو کہ تمھارا نام رحمٰن اور رام سہائے کیوں ہے۔۔۔؟ تم بتا سکتے ہو کہ تم رحمٰن اور رام پہلے اور انسان بعد میں کیوں ہو۔۔۔

پروفیسر رام ڈاکٹر رحمٰن تم نے صرف سائنس پڑھی ہے اس لئے تمھیں نہیں معلوم کہ تاریخ کیا ہوتی ہے۔ تاریخ کے سینے پر کیسے کیسے بڑے گدھے سوار ہیں۔ جنھوں نے اپنی تلوار کے ذریعے جغرافیہ بدل دے دے۔ ڈاکٹر رحمٰن۔۔۔ پروفیسر رام۔۔۔ تاریخ کے سینے پر سوار بڑے بڑے گدھوں نے جغرافیہ بدلنے کے لئے تاریخ میں اپنا نام لکھوانے کے لئے انسانوں کو گاجر مولی کی طرح کاٹ دیا۔ انسانوں کی لاشوں کے انبار لگا دیے اور ان انباروں پر کھڑے ہو کر جشن فتح منایا۔

ڈاکٹر رحمٰن پروفیسر رام۔۔۔۔ تاریخ کے سینے پر سوار ان گدھوں کو کب تک تم سینے سے لگائے رکھو گے۔۔۔۔ تم کسی نہ کسی طرح انسانوں کو قتل کرتے رہو گے۔ ایک دوسرے سے نفرت کرتے رہو گے۔ تاریخ کے وہ تمام صفحے پھاڑ دو جن پر جابروں، ظالموں، ہلاکوؤں، چنگیزوں کے کارنامے درج ہیں۔ ایک نئی تارخ لکھو۔۔۔۔ جس میں انسانوں کا ذکر ہو۔۔۔۔ جنھوں نے دنیا کے لئے انسانوں کے لئے۔۔۔۔ انسانوں کی بھلائی کے لئے خدمات انجام دیں۔ ایجادات کیئے۔ سچ بولنے کے جرم میں پھانسی کے پھندوں پر جھول گئے۔ امن کی لڑائی میں مارے گئے۔

جانے میں الو کا پٹھا کیا بکواس کر رہا ہوں۔ تم بُرا تو نہیں مان رہے ؟ بور تو نہیں ہو رہے ؟

سنو۔۔۔۔ ڈاکٹر رحمٰن پروفیسر رام۔۔۔۔ اگر تم کو میری بربریت دیکھنا ہو تو فلسطین چلے جاؤ۔ چیچنیا میں دیکھو کوسودو اور بوسنیا کی اجتماعی قبروں میں جھانکوں، کشمیر جاؤں اور وہاں کی حسین وادیوں میں میری وحشتوں کا نظارہ کرو۔ میں ایک بین الاقوامی اسلحہ ڈیلر ہوں۔ میں مریخ میں انسان تھا۔ ایک پر امن انسان لیکن جب سے کرہ ارض پر آیا ہوں شیطان بن گیا ہوں۔ میں اسلحہ کے سینکڑوں کارخانوں کا مالک ہوں۔ میری مٹھی میں ہزاروں ایٹمی سائنسدان ہیں۔ میں انھیں تاریخ پڑھاتا ہوں۔ جغرافیہ پڑھاتا ہوں۔ قوم اور قومی مفادات کے بارے میں بتاتا ہوں۔ ان کے ذہنوں سے محبت کھینچ کر ان کے ذہنوں میں نفرت بھر دیتا ہوں۔ پھر یہ سائنس دان یہ ماہر حرب اپنی خوشی سے اپنی قوم اور اپنے اپنے ملک کے لئے ایک محب وطن کی طرح کی جدید سے جدید ہتھیاروں کی تیاری میں لگ جاتے ہیں۔ یہ پھر رحمن اور رام بن جاتے ہیں۔ ان کی مہارت سے میں کروڑوں روپئے کماتا ہوں۔ غریب ملک، بھوکے پیاسے ملک، اپنے اپنے بجٹ کا ایک بڑا

حصہ مجھ سے ہتھیار خریدنے پر خرچ کر دیتے ہیں۔

ڈاکٹر رحمٰن پروفیسر رام۔۔۔۔ تم میری باتوں سے بور تو نہیں ہو رہے ہو؟

نہیں مسٹر اسٹار پلس۔ ہم ہر روز ہی ایسی باتیں ایسے لیکچر سنتے رہتے ہیں۔ ہم بالکل بور نہیں ہو رہے۔ڈاکٹر رحمٰن نے ہنستے ہوئے کہا۔

مسٹر اسٹار پلس۔ کیا تم اپنے ماں باپ عزیز رشتہ دار کے نام بتا سکتے ہو۔ پروفیسر رام نے پاگل سے سوال کیا۔

ماں باپ۔۔۔۔ عزیز رشتے۔۔۔۔ پاگل نے قہقہہ لگاتے ہوئے کہا۔

کیا کروگے۔۔۔۔ ماں باپ عزیز رشتے داروں کے نام جان کر۔ لیکن چوں کہ تم نے پوچھا ہے لہذا بتا دیتا ہوں۔۔۔۔

میرے باپ کا نام نفرت خان ہے۔ میری ماں کا نام شریمتی دہشت کماری ہے۔ میں نفرت خان اور دہشت کماری کے ملاپ سے پیدا ہوا ہوں۔ میں بیسویں صدی کا مہذب انسان ہوں۔ میں ایٹمی ہتھیاروں کے گھوڑے پر سوار ہو کر اکیسویں صدی کا مہذب انسان ہوں۔ میں ایٹمی ہتھیاروں کے گھوڑے پر سوار ہو کر اکیسویں صدی میں داخل ہو رہا ہوں۔ تم نے کسی گھوڑے پر کسی گدھے کو سواری کرتے دیکھا ہے۔ نہیں دیکھا ہوگا تو مجھے دیکھو۔ میری طرف دیکھوں۔۔۔۔

ڈاکٹر رحمان۔۔۔۔ پروفیسر رام۔ تم برسوں سے پاگلوں کا علاج کر رہے ہو۔ لیکن تم نے کبھی سوچا ہے کہ لوگ پاگل کیوں ہوتے ہیں؟ نہیں سوچا ہوگا۔ کیوں کہ تمھارے سلیبس میں یہ آئٹم ہی موجود نہیں! تم کو صرف پاگلوں کا علاج کرنا سکھایا گیا ہے۔۔۔۔ لوگ پاگل کیوں ہوتے ہیں اس کے بارے میں تمھیں کچھ نہیں بتایا گیا نہ پڑھایا گیا۔ لہذا تم بے قصور ہو۔ صرف علاج کرو۔۔۔۔

سنو۔۔۔ دنیا میں اتنا غلہ پیدا ہوتا ہے کہ ہر انسان پیٹ بھر کر روٹی کھا سکتا ہے لیکن دنیا کی دو تہائی سے زیادہ آبادی کو ایک وقت بھی کھانا نصیب نہیں ہوتا اور لاکھوں ٹن گندم سمندر میں اس لئے بہا دیا جاتا ہے یا جلا دیا جاتا ہے کہ بین الاقوامی منڈی میں گندم کی قیمت مستحکم رہے۔ دنیا میں اتنا کپڑا پیدا ہوتا ہے کہ ہر آدمی کو لباس مہیا ہو سکتا ہے۔ لیکن دنیا کی آدھی آبادی پھٹے پرانے کپڑوں پر گزارہ کرتی ہے کہ ان کے پاس کپڑا خریدنے کے لئے پیسہ نہیں۔ ہر روز دنیا میں ہزاروں لوگ ہسپتالوں کے سامنے دواؤں کے لئے تڑپ تڑپ کر مر جاتے ہیں کہ دوا خریدنے کے لئے ان کی جیب میں روپیہ نہیں دنیا کی آبادی کا ایک بڑا حصہ تعلیم سے محروم ہے اس لے کہ کتابیں خریدنے اسکول کی فیس دینے کے لئے ان کی پاس پیسہ نہیں دنیا میں اتنی دولت موجود ہے کہ اگر اس کی منصفانہ تقسیم کی جائے تو ہر آدمی مالا مال ہو سکتا ہے۔۔۔

غریب ممالک اگر ہتھیار خریدنا چھوڑ دیں تو ان ملکوں میں ایک غریب بھی نظر نہیں آئے گا۔ لیکن ہتھیار خریدنا اس لئے ضروری ہے کہ ملکی سلامتی کا دار و مدار فوجی طاقت اور جدید ہتھیار کے ذخیروں پر ہے۔۔۔ بیلنس پاور کی اصطلاح تو تم نے سنی ہو گی اور یہ سب اس لئے ہے کہ۔

اچھا۔۔۔ ڈاکٹر رحمٰن نے بڑے پیار سے کہا۔ تم جو کچھ کہہ رہے ہو وہ درست ہے تم بڑی اچھی باتیں کر رہے ہو۔ لیکن ہمارا خیال ہے کہ تمہیں سب سے پہلے علاج کی دواء کی ضرورت ہے۔۔۔ کیا تم اپنا علاج کرانا پسند نہیں کرو گے؟

ڈاکٹر رحمٰن۔ اگر تم برا نہ مانو تو ایک بات کہوں؟

نہیں نہیں۔ ہم کسی مریض کی بات کا برا نہیں مانتے۔ ڈاکٹر رحمٰن نے بڑے اعتماد سے کہا۔

تو پھر سنو۔۔۔۔ علاج کی مجھے ضرورت نہیں۔۔۔۔ علاج کی تمہیں ضرورت ہے۔

ڈاکٹر رحمان۔۔۔۔ یہ بڑا سیریس کیس ہے۔ پروفسر رام سہائے نے کہا۔

اس کی تھاروا سٹیڈی کی ضرورت ہے۔ فی الوقت اسے وبلیم ٹین انجکشن لگوا دو۔۔۔ تا کہ اسے ذہنی سکون مل سکے۔

یہ سیریس ہی نہیں بڑا کیمپلیکیٹڈ کیس بھی نظر آتا ہے۔ ڈاکٹر رحمان نے پروفیسر رام سہائے کی رائے سے اتفاق کرتے ہوئے کہا۔

ہا ہا ہا۔۔۔۔ کمپلی کیٹڈ سیریس کیس۔ پاگل نے ان کی باتیں سن کر قہقہہ لگاتے ہوئے کہا۔۔۔۔

ڈاکٹر رحمان پروفیسر رام۔۔۔۔ مجھے تعجب ہے کہ تم نے اب تک ایک دوسرے کا گلہ کیوں نہیں کاٹا۔ مجھے تمھارا کیس بڑ سیریس بڑا کمپلکیٹڈ نظر آتا ہے۔ میں آج رات تمھارے کیس کی اسٹڈی کروں گا۔ مریخ پر جا کر بھی اسٹڈی کروں گا۔ خلاء میں بیٹھ کہ بھی اسٹڈی کروں گا۔ تمھارا کیس بہت کمپلی کیٹڈ ہے۔ رحمن اور رام برسوں سے کیوں ساتھ ساتھ کام کر رہے ہیں ان کے دلوں میں ایک دوسرے کے خلاف نفرت کیوں نہیں۔ یہ ایک دوسرے کا خون کیوں نہیں بہاتے۔ ہا ہا ہا۔۔۔۔ یہ بڑا کمپلکٹڈ کیس لگ رہا ہے۔

ڈاکٹر پرشانت نے گیٹ کھولا۔ دو وارڈ بوائز کی مدد سے پاگل کو انجکشن لگا دیا۔ اس کی آواز کے قہقہے آہستہ آہستہ خراٹوں میں بدلتے گئے۔ رحمن اور رام ایک دوسرے کی طرف دیکھ کر مسکراتے ہوئے اپنے آفس کی طرف چلے گئے۔

(۶) بلیدان

شنکر کو تقریباً دو سال کی ذہنی تربیت کے بعد آج اس کے سیکٹر انچارج نے جو ٹاسک تفویض کیا تھا۔ وہ بڑا عجیب و غریب تھا۔ شنکر دو گھنٹے سے اس ٹاسک پر غور کر رہا تھا۔ لیکن ابھی تک وہ کوئی فیصلہ نہ کر پایا تھا۔ وہ اس وقت کرن مندر کی دیوار کے ساتھ سر اٹھائے کھڑے پیپل کے درخت کے سائے میں لیٹا ہوا تھا۔ گرمیوں کے دن تھے دن کے گیارہ بج رہے تھے سورج کی کرنیں آہستہ آہستہ تیز ہوتی جا رہی تھیں۔ کرن مندر شہر کی ایک غیر معروف چھوٹی سڑک کے کنارے تھا جو ممبئی کے مضافات کی ایک ہندو اکثریتی بستی سے گزرتی تھی۔

شنکر کے پتا ایک مقامی جوٹ مل میں کام کرتے تھے۔ ان کی تنخواہ اس قدر کم تھی کہ ان کے لیے اپنے پانچ بچوں جن میں دو لڑکیاں تھیں اسکول کی تعلیم دلانا مشکل تھا۔ ان کے سب سے بڑے لڑکے مکند کو جس کی عمر اب 20-21 برس ہو رہی تھی انھوں نے جوٹ مل ہی میں بڑی مشکلوں سے ہلپر کی جگہ دلوا دی تھی۔ باپ اور بیٹے کی مجموعی تنخواہ بھی اتنی نہ تھی کہ اپنا خاندان، اپنی بنیادی ضرورتیں پوری کر سکے یہی وجہ تھی کہ نو افراد پر مشتمل اس خاندان کا گزر بسر جس میں شنکر کے دادا، دادی بھی شامل تھے۔، بہت مشکل سے ہوتا تھا۔

شنکر کی عمر 15-16 برس ہو گی چوں کہ نہ وہ اسکول جا رہا تھا نہ اسے کوئی نوکری ملتی تھی لہٰذا وہ اپنی بستی کے نوجوان لڑکوں کے ساتھ گھومنے پھرنے میں ہی اپنا وقت گزارتا

تھا۔ بستی میں اگرچہ ہندو زیادہ تعداد میں آباد تھے لیکن مسلمانوں اور دوسرے مذاہب کے ماننے والوں کی بھی ایک اچھی خاصی تعداد بستی میں رہتی تھی اسی وجہ سے بستی میں مندروں کے ساتھ ساتھ مسجد، چرچ اور گردوارے بھی موجود تھے۔ اس بستی میں بہت کم مکان پکے تھے زیادہ تر مکان کچے تھے جن کی چھتیں لوہے کی چادروں یا گھاس پھوس کی تھیں۔ غالباً اسی وجہ سے اس بستی کو کچی بستی کہا جاتا تھا۔ یہ بستی کوئی نئی بستی تو نہ تھی لیکن اتنی پرانی بھی نہ تھی۔ اس کے قیام کی بڑی وجہ ملک خاص طور پر دیہی علاقوں میں موجود بڑے پیمانے پر پھیلی ہوئی بے روزگاری تھی۔ لوگ دیہات میں صدیوں سے موجود آبائی گھر بار اور بزرگوں کی قبروں کو چھوڑ چھوڑ کر ایسے صنعتی شہروں کا رخ کر رہے تھے جہاں روزگار کے مواقع موجود تھے۔ ہندستان میں ممبئی کو وہی حیثیت حاصل تھی جو کراچی کو پاکستان میں حاصل تھی۔ ملک کے گوشے گوشے سے غریب اور بے روزگار لوگ روزگار کی تلاش میں ممبئی کا رخ کر رہے تھے۔ یہ مضافاتی بستی جس میں شنکر کا پریوار رہتا تھا۔ یہ بھی مختلف دیہی علاقوں سے آئے ہوئے لوگوں پر مشتمل تھی۔ جن میں ہندو بھی تھے، مسلمان بھی، سکھ بھی، عیسائی بھی۔

شنکر کے پڑوس میں احمد علی کا دو تنگ کمروں پر مشتمل چھوٹا سا کچا گھر تھا۔ احمد علی بھی شنکر کے پتا ہری ناتھ کے آبائی گاؤں ہی کے رہنے والے تھے جب گاؤں میں بغیر کسی روزگار کے زندگی گزارنا ممکن نہ رہا تو دوسرے بہت سے خاندانوں کے ساتھ ساتھ ہری ناتھ اور احمد علی کا گھرانا بھی ممبئی آ گیا۔ ممبئی آنے کے بعد تقریباً سات سال تک ہری ناتھ اور احمد علی کے خاندان بھی ریلوے اسٹیشن کے قریب ایک فٹ پاتھ پر ڈیرا ڈالے رہے۔ شنکر اسی فٹ پاتھ پر پیدا ہوا تھا۔ شنکر کی احمد علی کے منجھلے لڑکے اصغر علی کے ساتھ دوستی کی ایک وجہ یہ بھی تھی کہ دونوں ایک ہی فٹ پاتھ پر پیدا ہوئے تھے اور ان

کالڑکپن ایک ہی فٹ پاتھ پر شور شرابے اور ٹریفک کے ہنگاموں میں گزرا تھا۔ ممبئی کے فٹ پاتھ کی زندگی صدیوں سے ایک مربوط دیہی زندگی گزارنے والے پریواروں کے لیے بڑی عجیب حیرت انگیز اور ایک طرح سے شرمناک زندگی تھی لیکن ممبئی ایک ایسا شہر تھا جہاں فٹ پاتھوں پر جگہ حاصل کرنا بھی ایک بہت بڑا مسئلہ تھا۔ فٹ پاتھ پر ہندستان کے دیہی علاقوں سے آنے والے مختلف مذاہب کے جو لوگ آباد تھے وہ ایسی ایسی مشکلات سے دوچار رہتے کہ بعض وقت تو ان لوگوں کے ذہن میں خودکشی کرنے کے خیالات آتے لیکن ان کے لیے یہاں زندہ رہنے کے علاوہ کوئی دوسرا راستہ نہ تھا۔ فٹ پاتھوں پر پھٹے پرانے کپڑوں، گتوں اور پلاسٹک کے ٹکڑوں سے ایک پردہ سا بنالیا جاتا تھا۔ 8-10 فٹ کی یہ جگہ ہی ان کا گھر ہوتی تھی۔ فٹ پاتھوں پر چوں کہ کھانے پکانے کی سہولت میسر نہیں ہوئی تھی لہٰذا زیادہ تر لوگ فٹ پاتھوں کے اردگرد قائم چٹائی ہوٹلوں سے ہی روٹی سالن خرید کر کھالیتے تھے۔ ہری ناتھ کو ابتداء میں بڑی مشکل یہی پیش آئی تھی کہ یہاں دھرم کرم کے ریتی رواجوں کی کوئی گنجائش نہ تھی۔ چھوت چھات جیسی بیماریوں کا یہاں دور دور پتہ نہ چلتا۔۔۔ کسی کو ایک دوسرے کے ماضی کے بارے میں کوئی پتہ نہ ہوتا تھا۔ اسی طرح یہاں دین دھرم کے شیدائیوں کے لیے ایک اور مشکل یہ تھی کہ وہ آسانی سے عبادت نہیں کرسکتے تھے۔ کیوں کہ کسی فٹ پاتھ پر نہ مسجد تعمیر کی جاسکتی تھی نہ مندر نہ چرچ نہ گوردوارہ۔۔۔ اگر جی بہت چاہا تو لوگ اپنی اپنی عبادت گاہوں کی تلاش میں نکل جاتے اور قریب ترین عبادت گاہ میں عبادت کر کے واپس آ جاتے۔ لیکن دن بھر کی مشقت کی وجہ سے بہت کم لوگوں کا خیال عبادت گاہوں کی طرف جاتا تھا۔

شنکر جیسے جیسے اس نئے ٹاسک پر سوچتا جارہا تھا اس کی گھبراہٹ اور بے چینی میں

اضافہ ہو رہا تھا۔ اس کے بچپن کے دوستوں میں اصغر ہی ایک ایسا دوست تھا جس سے وہ ہمیشہ اپنے دل کی بات کرتا تھا اور ضرورت کے وقت اس سے کوئی مشورہ بھی لے لیتا تھا لیکن جب سے وہ پال صاحب کے پاٹھ شالہ میں داخل ہوا تھا۔ اصغر سے اس کا تعلق ختم ہو گیا تھا۔ اصغر جسے وہ ہمیشہ قابل اعتماد دوست سمجھتا تھا اسے اب دشمن نظر آتا تھا۔

شنکر اور شنکر جیسے نوجوانوں کی سوچ میں اس قسم کی تبدیلی اس وقت سے آنا شروع ہوئی جب پال صاحب کے پاٹھ شالے، غریبوں کی بستیوں میں کھلنے لگے اور غریب لوگ جو اپنے بچوں کے تعلیمی اخراجات برداشت کرنے کے متحمل نہیں ہو سکتے تھے اپنے بچوں کو ان فری پاٹ شالوں میں داخل کرانے لگے۔ تاکہ ان کے بچے آوارگی سے بچ جائیں۔ اس قسم کے پاٹ شالے اچانک نہیں بن گئے تھے بلکہ اس کے پیچھے ایک بہت منظم اور مربوط منصوبہ بندی تھی۔ 1965 میں جب ہندستان اور پاکستان کے درمیان پہلی جنگ ہوئی تو پاکستان کی طرح ہندستان میں بھی انسانوں کے درمیان نفرتوں کا سلسلہ وسیع ہوتا چلا گیا۔ دونوں ملکوں میں ایسے چالاک لوگوں نے جو اس نفرت سے اپنے سیاسی مفادات حاصل کرنا چاہتے تھے سب سے پہلے۔۔۔۔ شہر کے بہت سارے فٹ پاتھوں سے ہزاروں لوگوں کو شہر کے مضافات کی خالی جگہوں پر بسانا شروع کیا۔ یہ کاروبار اس قدر منظم اور ایسا ہشت پہلو تھا کہ دیکھتے ہی دیکھتے بے شمار چالاک لوگ مالدار بھی ہو گئے اور ان آبادیوں کے باسیوں میں باعزت بھی بن گئے۔ جب کچی آبادیاں بننے کا سلسلہ شروع ہوا تو ان آبادیوں میں مسجد، مندر، چرچ، گرودوارے بھی بننے لگے۔ جب یہ عبادت گاہیں بننے لگیں تو وہ سارے لوگ جو فٹ پاتھوں پر برسوں تک مذہبی نفرتوں سے دور صرف فٹ پاتیے تھے اب ہندو مسلمان سکھ عیسائی بننے لگے اور آہستہ آہستہ چھوٹے موٹے فرقہ وارانہ فسادات بھی ہونے لگے۔ ان بستیوں میں روزگار کی مجبوریوں، روٹی اور

کپڑے کی ضرورتوں کی وجہ سے چھوٹے چکلے بھی کھلنے لگے۔ جس کی پشت پناہی قریب کے تھانے کرتے تھے۔ اس طرح یہاں جسم فروشی کا کاروبار بھی شروع ہو گیا۔ بستی کے رہنے والوں کی اکثریت اس کاروبار سے پریشان تھی لیکن انتظامیہ کی سرپرستی اور غنڈہ عناصر کی دھونس کے آگے کسی کی نہیں چلتی تھی۔

میں جب ہندستان اور پاکستان کے درمیان دوسری بڑی جنگ ہوئی تو۔۔۔ انتہا پسند مذہبی تنظیموں کو اپنا کاروبار پھیلانے کے اور وسیع مواقع حاصل ہو گئے۔ پال صاحب کے پاٹھ شالوں کا سلسلہ 1971 کی جنگ کے بعد ہی چل پڑا اور بابری مسجد کے واقعہ سے مزید مستحکم ہوتا چلا گیا۔

شنکر کو اس کے پتا ہری ناتھ نے اپنی بستی میں قائم پال صاحب کے پاٹھ شالے میں اس لیے داخل کرادیا تھا کہ وہ آوارہ ہونے سے بچ جائے۔ یہ بات شنکر کے پتا نے شنکر کو بھی بتائی تھی کہ اگر وہ کسی کام دھندے اور اسکول وغیرہ کے بغیر اسی طرح مارامارا پھرتا رہاتو آوارہ اور غنڈہ بن جائے گا اور ہو سکتا ہے کسی دن ترقی کرتے کرتے ممبئی کا چھوٹا موٹا دادا بھی بن جائے۔ وہ ان لعنتوں سے اپنے بیٹے کو بچانا چاہتے تھے۔ آج شنکر کرن مندر کی دیوار کے ساتھ کھڑے ہوئے پیپل کے پیڑ کے سائے میں لیٹا ہوا سوچ رہا تھا کہ کیا وہ واقعی پال صاحب کے پاٹھ شالے میں داخل ہو کر غنڈہ آوارہ بننے سے بچ گیا ہے؟

شنکر جب اس پاٹھ شالے میں داخل ہوا تو اس کی عمر اس وقت پندرہ سال تھی۔ اب وہ 21–22 برس کا ایک بھرپور نوجوان تھا۔ خراب غذا، خراب ماحول اسے ایک کڑیل نوجوان تو نہ بنا سکا البتہ وہ ایک دبلا پتلا ذہنی طور پر منتشر نفرتوں اور محبتوں کے درمیان کشمکش کا ایک ایسا شاہکار ضرور بن گیا جس کو وہ اب تک کوئی نام نہ دے سکا تھا۔

رات اس کے سیکٹر انچارج نے دو دوسرے ودھیارتیوں کے ساتھ اسے جو ٹاسک

سونپا تھا۔ وہ بڑا خطرناک ہی نہیں بڑا عجیب و غریب تھا۔ اس ٹیم کی سربراہی بھی شنکر کے حصے میں آئی تھی۔ وہ خطرناک ٹاسک یہ تھا کہ شنکر اپنے ساتھیوں کے ساتھ ممبئی کے کسی سلاٹر ہاؤس سے گائے یا بیل کی ایک اوجھڑی حاصل کرے اور رات کے آخری پہر میں کرن مندر میں بھگوان شنکر کی جو مورتی رکھی ہوئی ہے اس پر وہ اوجھڑی خاموشی سے ڈال کر چلا جائے۔ پچھلے پانچ چھ برسوں میں پال صاحب کے پاٹھ شالے میں شنکر کو پڑھایا کم گیا تھا سکھایا زیادہ گیا تھا۔ اس پانچ چھ سال کی تعلیم کو اگر شنکر مختصر ترین الفاظ میں بیان کرنا چاہے تو وہ نفرت کے ایک چھوٹے سے لفظ سے ظاہر کر سکتا تھا۔ اس تعلیم کے دوران اسے نظریاتی ہی نہیں بلکہ بہت ساری عملی تربیت بھی دی۔ گئی تھی۔ جس میں کبوتروں اور چڑیوں کو کاٹنے کی تربیت بھی شامل تھی۔ اس کے انسٹرکٹروں کا کہنا تھا کہ پال صاحب کے پاٹھ شالوں میں جن نوجوانوں کو تربیت دی جا رہی ہے انھیں مستقبل میں بڑے بڑے کام انجام دینے تھے۔ ان نوجوانوں کو بھارت دیش میں رام راجیہ قائم کرنا ہے۔ ہندو بھارت کو ایک عظیم ملک بنانا ہے۔ ان مقاصد کی راہ میں وہ تمام لوگ حائل تھے جو غیر ہندو تھے۔ ان میں سر فہرست مسلمان تھے۔ پاٹھ شالہ کے استادوں کا سارا زور اس بات پر صرف ہوتا تھا کہ مسلم حکمرانوں نے انتہائی اقلیت میں ہونے کے باوجود آٹھ سو سال تک طاقت کے بل بوتے پر بھارت پر حکومت کی بھارت کے طول و عرض میں اپنی تعمیراتی نشانیاں پھیلا دیں۔ ہزاروں سالہ قدیم ہندو کلچر کو تباہ برباد کر دیا۔ ہندو اکثریت پر ظلم کیے۔ رام راجیہ میں ان سارے مظالم کے بدلے لے لئے جائیں گے۔ یہ ساری باتیں تو شنکر اور اس جیسے نوجوانوں کی عقل میں آجاتی تھیں لیکن ان پر عمل درآمد کے لیے جو منصوبے ان کے سامنے پیش کیے جاتے تھے وہ ان کی عقل میں نہیں آتے تھے۔ کہیں نہ کہیں اٹک جاتے تھے۔ ایسا ہی مسئلہ اس ٹاسک کا تھا جو ان کی ذمہ کیا گیا تھا۔

شنکر نے اپنے سیکٹر انچارج سے پوچھا بھی کہ

سر۔۔۔ اپنے ہی بھگوان کی مورتی پر اوجھڑی ڈالنا۔۔۔ وہ تذبذب سے بولا۔۔۔ سر میری سمجھ میں نہیں آیا۔

سر نے بڑے فلسفیانہ انداز میں جواب دیا تھا۔

تم بچے ہو۔۔۔ ابھی تمھاری سمجھ میں یہ باتیں نہیں آئیں گی۔ بس اتنا سمجھ لو کہ بستی میں ایک چھوٹے سے فرقہ وارانہ فساد سے پورے ممبئ کے مسلمانوں کو ڈرانا اس کا بنیادی مقصد ہے۔ اس مقصد کے حصول کے لیے کچھ مسلمانوں کی جانیں بھی لی جاسکتی ہیں۔ لیکن اس کا ایک بڑا فائدہ یہ ہو گا جو مسلمان تنظیمیں ممبئ میں سر اُٹھانے کی کوشش کر رہی ہیں وہ خوف زدہ ہو جائیں گی اور ہندستان اور پاکستان کے بیچ دوستی کی جو کوششیں ہو رہی ہیں جو ہمارے قومی مقصد کے لیے نقصان دہ ہیں۔۔۔ ان کوششوں کو ناکام بنانے میں بھی مدد ملے گی۔

سیکٹر انچارج کی اس وضاحت سے شنکر کو کچھ اندازہ تو ہوا کہ اس ٹاسک کا مقصد کیا ہے۔ لیکن یہ ٹاسک اس کے حلق میں گاؤ ماتا کی ہڈی کی طرح اٹک گیا تھا۔ وہ کوئی بہت مذہبی قسم کا نوجوان تو نہیں تھا۔ بلکہ پال صاحب کے پاٹھ شالے میں بھی وہ اپنے باپو کے خوف سے آرہا تھا لیکن شنکر بھگوان کا اس کے دل میں بہر حال بہت احترام تھا۔ اس کا ذہن کسی طرح اس بات پر آمادہ نہیں ہو رہا تھا کہ ایک اوجھڑی بھگوان شنکر کی مورتی پر ڈال دی جائے۔ اسے اندازہ تھا کہ جیسے ہی صبح یہ خبر پھیلے گی اس بستی کے سینکڑوں مسلمان باشندوں کی جانوں کے لالے پڑے جائیں گے۔ ناسمجھ اور جذباتی لوگ بھگوان شنکر کی اس توہین کو مسلمانوں کی شرارت سمجھ کر ان پر ٹوٹ پڑیں گے اور بات یہیں تک نہیں ٹھہرے گی سارا ممبئ فرقہ وارانہ فسادات کی لپیٹ میں آجائے گا۔ جیسے جیسے رات

قریب آرہی تھی اس کی گھبراہٹ میں اضافہ ہوتا جارہا تھا۔ اس نے اپنے دوساتھیوں کو کسی بھی سلاٹر ہاؤس یا مسلمانوں کی گوشت مارکیٹ سے اوجھڑی لانے کے لیے کام پر تو لگا دیا تھا لیکن۔۔۔۔ اس لیکن کے آگے اس کا ذہن مفلوج ہو کر رہ گیا۔ اسے رہ رہ کر خیال آ رہا تھا کہ ان بستیوں سے وہ فٹ پاتھ ہی اچھے ہیں جہاں لوگ ایک دوسرے سے نہ ایسی نفرت کرتے ہیں نہ انھیں نفرت کرنے کا وقت ملتا ہے۔ کچی بستی کے باسی شنکر کے کچے ذہن میں بار بار یہ خیال بھی اُبھر رہا تھا کہ ممبئی کے فٹ پاتھ اس لیے بھی اچھے ہیں کہ ان فٹ پاتھوں پر نہ کوئی مندر تعمیر ہو سکتا ہے نہ مسجد نہ چرچ نہ گر دوارہ۔ وہ زندگی میں پہلی بار اس قدر دہشت زدہ ہوا تھا اور ایسے شدید اعصابی دباؤ میں تھا کہ اس سے نکلنے کے لیے اس نے آج اپنے ایک پرانے دوست کے ذریعہ تین چار ہیروئین بھرے سگریٹ بھی حاصل کیے تھے۔ وقت تیزی سے گزرتا جارہا تھا۔ شام کے سائے آہستہ آہستہ ماحول پر پھیلتے جارہے تھے۔ اس کے ساتھی اوجھڑی لا کر انتہائی راز داری کے ساتھ مندر کے احاطے میں ایک جگہ چھپا کر رکھے گئے تھے۔ شنکر چوں کہ ابھی تک کسی فیصلے پر نہیں پہنچ سکا تھا۔ اس نے اپنے ٹیم کے دونوں ساتھیوں سے کہا کہ وہ دونوں گھر جا کر آرام کریں وہ اکیلا اس ٹاسک کو انجام دے گا۔ اس کے دونوں ساتھی جو خود بھی اس ٹاسک سے پریشان تھے شنکر کی اس ہدایت پر خوش ہو کر چل دیے۔ شنکر مندر میں اکیلا رہ گیا۔ پلان کے مطابق اس رات مندر کے پجاریوں کی چھٹی کر دی گئی تھی۔ مندر میں صرف شنکر اکیلا رہ گیا تھا۔ اسے رہ رہ کر یہ خوف لاحق ہو رہا تھا کہ اس کی اس حرکت سے سارے ممبئی میں فرقہ وارانہ فسادات کی آگ بھڑک اُٹھے گی اور کئی بے گناہ لوگ مارے جائیں گے جن میں ہو سکتا ہے مسلمان زیادہ ہوں۔ لیکن فرقہ وارانہ فسادات میں جو بھی مارا جائے گا وہ بے گناہ ہی ہو گا۔ اصل گنہگار وہ خود ہو گا جو محفوظ ہو گا۔ جس کی جان کو کوئی خطرہ نہ ہو گا۔

اچانک اس کے ذہن میں ایک خیال کوندے کی طرح لپکا۔۔۔ ان سب کی جانوں سے کھیلنے کی بجائے وہ خود کیوں نہ اپنی جان پر کھیل جائے۔ کیوں نہ اپنے بلیدان سے سینکڑوں بے گناہ لوگوں کے بلیدان کو روکے اس حل پر جیسے جیسے وہ غور کرتا گیا۔ یہ حل اس کے ذہن میں پختہ ہوتا چلا گیا۔ وہ دہشت وہ خوف وہ گھبراہٹ جو اس پر مسلط تھی آہستہ آہستہ کم ہونے لگی لیکن ایک نیا خوف اس کے ذہن اور اعصاب پر سوار ہونے لگا۔ وہ اس اذیت سے چھٹکارا پانا چاہتا تھا۔ اس نے جیب میں رکھی ہوئی سگریٹ نکالی اور اس کے دو کش لگائے۔

صبح جب پجاری مندر میں آئے تو یہ دیکھ کر ان کی آنکھیں پھٹی کی پھٹی رہ گئیں کہ شنکر بھگوان کے قدموں میں شنکر کی لاش پڑی ہوئی تھی۔ اس کے گلے کی بڑی رگ کٹی ہوئی تھی اور نوجوان شنکر کے خون کے چھینٹے شنکر بھگوان کی مورتی پر بکھر گئے تھے۔

(۷) جیتی ہوئی بازی

سیٹھ رام داس لوٹیارات سے فائیو اسٹار ہوٹل کے ایک کمرے میں بند تھے۔ کملا ترپاٹھی اور وہسکی کی بوتلیں ان کے ساتھ تھیں۔ پانچ فلموں کی لگاتار ناکامی اور کروڑوں کا سرمایہ ڈوبنے کے بعد پہلی بار ان کی نئی فلم "دشمن" باکس آفس پر اس قدر ہٹ گئی تھی کہ ان کے وارے نیارے ہو گئے تھے۔ لیکن فلم کی کامیابی کے ساتھ ایک تشویش ناک بات یہ ہوئی تھی کہ جس جس شہر میں یہ فلم دکھائی جارہی تھی وہاں فرقہ وارانہ فساد ہو گئے تھے۔ پچھلے ایک ہفتے کے دوران اخباروں میں چھپنے والے اعداد و شمار کے مطابق اب تک کوئی 17 آدمی مارے گئے تھے جن میں اکثریت مسلمانوں کی تھی۔ ایک اندازے کے مطابق سینکڑوں لوگ زخمی ہو گئے تھے اور کروڑوں روپیوں کا نقصان ہو گیا تھا۔ کیوں کہ سنیما ہالوں سے نکلنے والی بھیڑ بھاڑ دوکانوں کو لوٹ لیتی تھی اور لوٹ کر آگے لگا دیتی تھی۔ یہ دوکانیں عموماً مسلمانوں کی ہی ہوتی تھیں۔ مسلمانوں کی طرف سے اس فلم پر پابندی لگانے کا مطالبہ شدت پکڑ رہا تھا اور انتہا پسند ہندو اس فلم پر پابندی کے خلاف مظاہرے کر رہے تھے۔

لوٹیا ابتدا میں دلی کا ایک درمیانے درجے کا بزنس مین تھا اس کے پاس کوئی بڑا سرمایہ نہ تھا وہ اسٹاک ایکسچینج میں بروکر تھا۔ جس کی وجہ سے اس کے تعلقات بڑے کاروباری حلقوں کے لوگوں کے ساتھ ساتھ کچھ اہل سیاست سے بھی تھے جو اپنے سرمایہ کو شیرز کی خریداری میں لگاتے تھے۔ پچھلے سال جب پاکستان کو چینی کی درآمد کا سلسلہ چلا

تورام داس لوٹیانے اپنے تعلقات کو استعمال کر کے پاکستان کو چینی بر آمد کرنے کالائسنس لے لیا۔ مار کیٹ میں اپنی کاروباری ایمانداری کی وجہ سے کاروباری حلقوں میں اس کی ساکھ بہت اچھی تھی لہٰذا اسے مارکیٹ سے دو ہزار ٹن چینی کریڈٹ پر لینے میں کوئی مشکل پیش نہ آئی اپنی اس گڈ ول کو کام میں لاتے ہوئے اس نے دو ہزار ٹن چینی پاکستان بھیجنے میں کامیابی حاصل کر لی جس سے اسے کوئی گیارہ لاکھ کا منافع ہوا۔ جب اتنے بڑے منافع کی رقم اس کے ہاتھوں میں آئی تو اس کے پیر زمین پر نہیں ٹکتے تھے۔ لیکن آدمی چوں کہ بُرے حالات سے گزرتا آرہا تھا اور سرد گرم چشیدہ تھا، لہٰذا اس رقم سے اس نے جامع سے باہر ہو کر نودولتیوں کی طرح عیاشیوں میں پڑنے کی بجائے اس رقم سے مزید پانچ ہزار ٹن چینی اور پاکستان ایکسپورٹ کر ڈالی۔ جب وہ اس کاروبار میں آیا تو اپنی ذہانت کی وجہ سے بہت جلد اس بزنس کے تمام رازوں اور ذرائع سے واقف ہو گیا جو اس فیلڈ میں کامیابی کے لیے ضروری تھے۔ کوئی چار کنسائنمنٹ پاکستان بھیجنے کے بعد اب مارکیٹ میں اس کی ساکھ اس قدر مضبوط ہو گئی تھی کہ لوگ اسے اب لوٹیا بروکر کہنے کی بجائے سیٹھ رام داس لوٹیا کہنے لگے تھے۔

جب اس کے قدم بزنس سرکل میں ذرا ٹھیک طریقے سے جم گئے تو اس نے بعض دوسرے پڑوسی ممالک میں بھی ایسی منافع بخش چیزوں کی ایکسپورٹ شروع کر دی جس سے اسے لاکھوں کی بچت ہوئی۔ اب وہ لاکھوں سے نکل کر کروڑوں میں کھیل رہا تھا۔ جب وہ دولت مندی کے اس اسٹیج پر پہنچا تو غیر محسوس طریقے سے وہ ایسے موقع پرست دوستوں میں گھر گیا جنھیں رام داس لوٹیا سے نہیں بلکہ اس کی دولت سے دلچسپی تھی۔ دو تین ہفتوں کی بے تکلفانہ بیٹھکوں کے بعد وہ شراب اور شباب کے چکر میں بھی پھنس گیا۔ اس نے اپنے تین کمروں کے مکان سے نکل کر دلی کے پوش علاقے میں ایک خوبصورت

بنگلہ خرید لیا تھا۔ اب اس کے پاس گاڑی تھی، نوکر چاکر تھے اور آٹھ دس اوباش دوستوں کا ایک گروہ تھا۔ لیکن رام داس لوٹیا فطرتاً احتیاط پسند تھا اس لیے وہ عیاشی کی اس لہر میں بھی بہت محتاط رہا۔ یار دوست جو اسے لوٹنے کے بڑے بڑے منصوبے بنا کر اس کے قریب آئے تھے آہستہ آہستہ مایوس ہو رہے تھے۔ شراب اور شباب میں وہ انھیں ساتھ رکھتا لیکن کوئی بڑی رقم پر ہاتھ صاف کرنے میں ابھی تک اس کے کسی دوست کو کامیابی حاصل نہیں ہوئی تھی۔

اس صورت حال سے پریشان ہو کر اس کے ٹھگ دوستوں نے اپنی ایک میٹنگ میں یہ طے کیا کہ رام داس کو کسی طرح فلم سازی کے دھندے میں پھنسایا جائے۔ اس مہم میں کامیابی کے لیے انھوں نے ممبئی کی ایک معروف لیکن مسلسل فلاپ جانے والی ہیروئین کو شیشے میں اتارا کہ وہ رام داس پر اپنے حسن و شباب کا جادو استعمال کر کے اسے فلم سازی کے لیے تیار کرے۔ ہیروئین کملا ترپاٹھی کو سیٹھ رام داس سے ملانے کے لیے انھوں نے دلّی کے ایک فائیو اسٹار ہوٹل میں لوٹا سیٹھ کی مسلسل کامیابیوں کی خوشی میں ایک پارٹی کا اہتمام کیا جس کی مہمان خصوصی کملا ترپاٹھی تھی۔ کملا ترپاٹھی کا شمار نہ صرف بالی ووڈ کی خوبصورت ترین ہیروئینوں میں ہوتا تھا بلکہ وہ عریاں کردار ادا کرنے والی اداکاراؤں کی صف اول میں بھی شامل تھی۔

پارٹی شروع ہونے سے چند منٹ قبل جب کملا ترپاٹھی اپنے غضب ناک حسن اور ہیجان انگیز ڈریسنگ کے ساتھ ہال میں آئی تو سارا ہال کئی منٹ تک کھڑے ہو کر تالیاں بجاتا رہا۔ کملا ترپاٹھی فلموں میں مسلسل ناکام ہوتی آئی تھی اور اسے اب کوئی فلم ساز سائین کرنے کے لیے تیار نہ تھا۔ وہ سیٹھ رام داس کو آزمانا چاہتی تھی۔ پارٹی کے شروع ہونے سے پہلے ہی رام داس کے دوستوں نے دو برابر برابر کے کمرے سیٹھ رام داس اور

کملا ترپاٹھی کے لیے بک کرالیے تھے۔ جب پارٹی کے اختتام پر تھک کر لوٹیا سیٹھ اپنے کمرے میں آیا تو کملا ترپاٹھی کے شباب کا اس پر پوری طرح جادو چل چکا تھا۔ تقریباً آدھا گھنٹہ بے چین رہنے کے بعد عین توقع کے مطابق اس نے کملا ترپاٹھی کو ٹیلیفون کیا۔

کملا جی۔۔۔ آپ تھک گئی ہوں گی اس نے بات شروع کرنے کے لیے بات کی۔

نہیں تو۔۔۔ کملا نے قہقہہ لگاتے ہوئے کہا ہم تھکتے نہیں تھکاتے ہیں۔ اس ذو معنی جملے پر رام داس کے کان کھڑے ہو گئے۔

تو پھر ہمیں بھی تھوڑا سا تھکا دیجیے نا۔ لوٹیا کی آواز میں بلا کی سیکس تھی۔

اچھا۔۔۔ کملا نے اٹھلاتے ہوئے کہا۔۔۔ سوچ لیجیے بعد میں پچھتانا نہ پڑے۔

ارے۔۔۔ آپ پچھتانے کی بات کر رہی ہیں اور اِدھر آپ کے بغیر ایک منٹ گزارنا مشکل ہو رہا ہے۔

تو پھر آ جائیے۔۔۔ کملا نے کھلی دعوت دی۔

پانچ منٹ بعد سیٹھ رام داس کملا ترپاٹھی کے کمرے میں جا رہا تھا۔ اس کے دوستوں نے جب رام داس کو کملا کے کمرے میں جاتے دیکھا تو۔۔۔ وہ مارا، کہتے ہوئے اپنے کمرے میں آ گئے۔

دوسرے دن دس بجے جب رام داس کملا ترپاٹھی کے کمرے سے باہر آیا تو وہ واقعی اس قدر تھکا ہوا تھا کہ اپنے کمرے میں بستر پر لیٹتے ہی وہ نیند کی آغوش میں پہنچ گیا۔

وہ ابھی گہری نیند ہی میں تھا کہ کسی نے دروازے پر دستک دی۔

کون۔۔۔ لوٹیا نے نیند میں ڈوبی ہوئی آواز کے ساتھ پوچھا۔

کملا۔۔۔ آواز آئی۔

وہ جلدی سے اٹھا اور دروازہ کھول دیا۔ کملا ایک قیامت کے روپ میں اس کے

سامنے تھی۔ لوٹیا نے بغیر کسی تکلف کے کملا کو بستر پر گھسیٹ لیا لیکن کملا نے بڑی ادا کے ساتھ کہا۔۔۔

ابھی نہیں۔۔۔ پہلے آپ نہا دھو کر تیار ہو جایئے ذرا گھوم پھر کر آتے ہیں۔۔۔ پھر۔۔۔ رام داس لوٹیا بہت بے صبر ہو رہا تھا لیکن کملا کے موڈ کو دیکھ کر وہ باتھ روم میں گھس گیا۔ پندرہ منٹ کے بعد دونوں لوٹیا کی نئی گاڑی میں باہر جا رہے تھے۔

رات جب وہ گیارہ بجے کے قریب ہوٹل واپس آئے تو کملا اپنے کمرے میں جانے کی بجائے لوٹیا کے کمرے ہی میں آ گئی۔

دوسرے دن تقریباً دس بجے جب کہ لوٹیا اور کملا کے ذہنوں سے شراب کا خمار ابھی تک اترا نہ تھا۔ لوٹیا کے دوستوں کا قافلہ آ گیا۔ دونوں جلد ڈائننگ ہال میں آنے کا وعدہ کر کے باتھ روم میں گھس گئے۔ نصف گھنٹے بعد جب دونوں باتھ روم سے نکلے تو لوٹیا سیٹھ مستی میں جھوم رہا تھا۔

ڈائننگ ہال میں لوٹیا کے دوستوں کو اسے فلم سازی کے لیے تیار کرنے میں کوئی مشکل پیش نہ آئی اب وہ کملا ترپاٹھی کے لیے فلم تو کیا خلاء میں جانے کے لیے بھی تیار تھا۔

فلم کی ہیروئین کملا ترپاٹھی ہی کو ہونا تھا۔ اگلے ایک ماہ میں فلم کی کہانی سمیت ساری تیاری مکمل ہو گئی اور سب سے پہلے آؤٹ ڈور شوٹنگ کے لیے کشمیر کی وادی کا انتخاب کیا گیا۔

ہر چند کہ کشمیر میں شوٹنگ خطرے سے خالی نہ تھی۔ لیکن ایک محفوظ علاقے میں شوٹنگ شروع کر دی گئی۔ کملا کے مقابل ایک نئے لڑکے کو ہیرو منتخب کیا گیا۔ فلم اسمگلنگ کے موضوع پر تھی اور کملا نے اس موقع کو ضائع ہونے سے بچانے کے لیے اپنے آپ کو شرمناک حد تک ایکسپوز کیا لیکن فلم جب باکس آفس پر آئی تو تیسرے دن ہی سینما ہالوں

میں سناٹا تھا!

رام داس کے دوستوں اور کملا نے اس ناکامی کا الزام ڈائریکشن پر ڈال کر دوسری فلم بنانے کے لیے رام داس کو تیار کر لیا۔ جس کے لیے سماجی مسائل پر ایک مشہور ادیب سے کہانی لکھوائی گئی۔ ایک نسبتاً معروف ہیرو کو کملا کے مقابل لایا گیا لیکن جب فلم باکس آفس پر آئی تو اسے بھی لوگوں نے پسند نہ کیا۔ سیٹھ رام داس کو ان دو فلموں کی ناکامی سے اگرچہ کہ بہت بڑا نقصان برداشت کرنا پڑا لیکن ابھی وہ دو چار فلمیں بنانے کی پوزیشن میں تھا۔ اس دوران کملا سے اس کا دل بھی بھر گیا تھا۔ اس نے اپنی تیسری فلم میں ایک اور انتہائی خوبصورت لڑکی کا انتخاب کیا اس کے مقابل ایک پٹری سے اترتے ہوئے لیکن ایک مشہور ہیرو کو منتخب کیا گیا۔ اب لوٹیا کو فلم انڈسٹری کے بہت سارے اسرار و رموز کا پتہ چل چکا تھا۔ اس نے اس بار ایک مشہور رائٹر سے ایک اچھی کہانی لکھوائی اور ڈائریکشن کے لیے بھی ممبئی کے ایک کامیاب ڈائریکٹر کی خدمات حاصل کیں۔ لیکن اتنی ساری تیاریوں کے بعد جب فلم سنیما گھروں میں آئی تو صرف کسی حد تک پسند تو کی گئی لیکن اسے بھی باکس آفس پر ہٹ جانے کا اعزاز نہ مل سکا۔ اس فلم پر بھی ساٹھ ستر لاکھ کا نقصان ہوا۔

اب وہ فلمسازی سے دلبرداشتہ ہو چکا تھا۔ اس فلم کی ناکامی کے بعد وہ تقریباً ایک ڈیڑھ ماہ یورپ گھومنے کے بعد جب واپس آیا تو اتفاقاً اس کی ملاقات بالی ووڈ کے ایک ایسے ڈائریکٹر سے ہوئی جو لوٹیا کی فلموں کی مسلسل ناکامیوں سے بھی واقف تھا اور باکس آفس پر ہٹ جانے والی فلمیں بنانے کے گُر سے بھی۔ جب ڈائریکٹر مکرجی نے لوٹیا کو نئی فلم کے خاکے سے آگاہ کیا تو رام داس لوٹیا کا ذہن اچانک چکا چوند ہو گیا۔ لوٹیا ایک ہوشیار بزنس مین تھا۔ اسٹوری سننے کے بعد ہر چند کہ اسٹوری سے وہ دلی طور پر مطمئن نہ ہوا لیکن اسے

اتنا اندازہ بہر حال ہو گیا کہ یہ فلم ہٹ جائے گی۔ فلم کی کہانی پاکستان دشمنی پر استوار تھی۔ چوں کہ پچھلے دو تین برسوں سے دونوں ملکوں کے درمیان شدید کشیدگی موجود تھی اور بھارت میں بھی انتہا پسند ہندو جماعتوں نے بھارتی عوام کے ذہنوں میں فرقہ وارانہ نفرتوں کا زہر اچھی طرح گھول دیا تھا۔ لہٰذا کارگل کے محاذ کے پس منظر میں بننے والی اس فلم میں ایسے جذباتی اور اشتعال انگیز مناظر شامل کئے گئے تھے کہ ناظرین میں نہ صرف اس کے مقبول ہونے کے قوی امکان تھے بلکہ ڈائریکٹر مکرجی نے سیٹھ رام داس سے شرط لگائی تھی کہ اگر یہ فلم ناکام ہوئی تو وہ ڈائریکشن چھوڑ دیں گے۔

مکرجی کے مشورے پر عمل کرتے ہوئے سیٹھ رام داس نے ایک بار پھر کملا ترپاٹھی کو اس فلم کی ہیروئین کے لیے منتخب کیا اور اسی پٹری سے اترے ہوئے ہیرو کو کملا کے مقابل پیش کیا جسے ایک بار وہ اپنی فلم میں آزما چکا تھا۔ جب کملا ترپاٹھی اور ہیرو نریندر شرما کو اسٹوری سنائی گئی تو وہ تھوڑا سا ہچکچائے لیکن اپنی مسلسل ناکامیوں کی وجہ سے دونوں ہی اس فلم میں نہ صرف کام کرنے بلکہ بہترین پرفارمنس دینے کے لیے تیار ہو گئے۔

ڈائریکٹر مکرجی نے اس فلم کی تیاری میں بڑی محنت کی اور بہت جذبات انگیز مناظر کے ساتھ بھارت کی دشمن کے مقابلے میں زبردست کامیابی پر اس فلم کو ختم کیا۔ جب فلم سنیما گھروں میں آئی تو سیٹھ رام داس لوٹیا کی جان میں جان نہ تھی۔ وہ ایک تو اس فلم کی اسٹوری سے ذہنی طور پر مطمئن نہ تھا کیوں کہ وہ فرقہ وارانہ نفرتوں سے دور ایک کاروباری بندہ تھا اور فلم سازی ہی کے کاروبار میں پھنس کر وہ اپنی تقریباً ساری پونجی کھو چکا تھا جو کچھ رقم بچی تھی اس نے اس فلم پر لگا دی تھی۔ لیکن جب فلم ہر شہر میں سپر ہٹ ہو گئی اور اس کے ڈوبے ہوئے سارے سرمایہ سے زیادہ سرمایہ اسے واپس مل گیا تو اس کا کاروباری دل تو مطمئن ہو گیا لیکن اس فلم کی نمائش کے بعد سے ہر اس شہر میں جہاں یہ فلم

دکھائی جارہی تھی۔ فرقہ وارانہ فساد کا سلسلہ شروع ہوا اور اب تک سترہ افراد کے جان سے جانے، سینکڑوں کے زخمی ہونے اور کروڑوں کی جائیداد کی تباہی کی خبریں اخباروں میں چھپیں تو اس کا ذہن سن سا ہو کر رہ گیا۔ ایک طرف اسے فلم کے سپر ہٹ جانے اور اپنے ڈوبے ہوئے سارے سرمایہ سے زیادہ سرمایہ واپس آنے کی خوشی تھی تو دوسری طرف ملک کے مختلف شہروں میں ہونے والے فرقہ وارانہ فسادات پر اس کا دل اندر ہی اندر سے رو رہا تھا۔

وہ رات سے کملا ترپاٹھی اور شراب کے ساتھ ممبئ کے ایک فائیو اسٹار ہوٹل کے شاندار کمرے میں بند تھا۔ جب آدھا دن گزر گیا تو ہوٹل کی انتظامیہ کو فکر لاحق ہوئی۔ ممبئ میں بھی اس فلم کی حمایت اور مخالفت میں زبردست کشید گی پھیلی ہوئی تھی۔ ہوٹل کی انتظامیہ کو خطرہ تھا کہ بلوائی کہیں ہوٹل پر دھاوا نہ بول دیں۔ وہ کسی طرح سیٹھ رام داس کو ہوٹل سے ہٹانا چاہتے تھے۔ جب دروازہ کھٹکھٹایا گیا اور اندر سے کوئی جواب نہ ملا تو ہوٹل کی انتظامیہ کی تشویش بڑھنے لگی۔۔۔۔ نصف گھنٹے کی کوشش کے بعد دروازہ نہ کھلا تو دروازہ توڑ دیا گیا۔ کمرے کے بیڈ روم پر سیٹھ رام داس اور کملا ترپاٹھی دونوں مردہ حالت میں پڑے تھے۔ وہسکی کی بہت ساری خالی بوتلیں اِدھر اُدھر پڑی ہوئی تھیں۔ ڈاکٹروں نے بتایا ان کی موت حد سے زیادہ شراب نوشی سے ہوئی۔ لیکن لوٹیا جیسے محتاط انسان نے آخر اتنی شراب کیوں پی۔۔۔۔؟ ہوٹل کی انتظامیہ اس مسئلہ پر غور کرتی رہ گئی۔

(۸) بڑا انسان

خلیل بابو نے بینک سے اپنا بیلنس معلوم کیا تو ان کا چہرہ خوشی سے سرخ ہو گیا۔ بینک میں ان کے اکاؤنٹ میں اکیس ہزار روپئے جمع تھے۔ اکیس ہزار روپئے انھوں نے پچھلے سات برسوں میں کس مصیبت سے جمع کئے تھے اس کا اندازہ صرف ان ہی کو تھا۔ وہ کارپوریشن میں ایک جونیئر کلرک تھے۔ ان کی عمر تقریباً 30 برس ہو گی۔ ان کی تنخواہ ساڑھے تین ہزار روپئے تھی۔ ایک بیوی دو چھوٹے بچے اور ایک بوڑھی ماں کل پانچ افراد کے خاندان کی کفالت ان کے ذمے تھی۔ ساڑھے تین ہزار میں بارہ سو روپئے گھر کا کرایہ ہفتے میں تین دن دال تین دن سبزی اور ایک دن گوشت وہ جب کھانا کھانے دستر خوان پر بیٹھتے تو انھیں ایسا محسوس ہوتا کہ وہ صدیوں سے دال اور سبزی میں رچ بس گئی ہے۔ یہی حال ان کی بیوی اور بچوں کا تھا۔ پھر بھی انھوں نے اپنے ساڑھے تین ہزار کے بجٹ کو اس مہارت سے ترتیب دیا تھا کہ انہیں کسی سے قرض لینے ضرورت نہ پڑتی تھی۔ البتہ تین ضرورتیں ایسی تھیں جو کسی طرح ان کے بجٹ میں سما نہیں سکتی تھیں۔ ایک بیماری دوسرے بچوں کی تعلیم تیسرے عید بقر عید کا خرچ انھوں نے بچوں کی تعلیم کا حل یہ نکالا کہ انھیں گھر کے قریب ایک مدرسے میں داخل کر دیا جہاں بچوں کو مفت دینی تعلیم دی جاتی تھی ان کا خیال تھا کہ جب وہ روضہ اقدس کے دیدار کی حسرت پوری کر لیں گے تو پھر بچوں کو کسی سرکاری اسکول میں داخل کرا دیں گے انھوں نے سوچا اس وقت تک بچے کچھ عربی سیکھ لیں گے انھیں کچھ دینی معلومات ہو جائے گی پھر ان معلومات

اور تعلیم کے ساتھ جب وہ کسی سرکاری اسکول میں پڑھیں گے تو وہ آسانی سے میٹرک پاس کریں گے۔ ان کا خیال تھا کہ آج کے دور میں جب بڑی بڑی ڈگریاں رکھنے والوں کو معمولی ملازمت نہیں تو ملتی بچوں کو زیادہ پڑھانا حماقت کے سوا کچھ نہیں۔ بلکہ وہ صرف میٹرک تک کی تعلیم کو ضروری سمجھتے تھے کیوں کہ ان کے خیال میں میٹرک تک تعلیم کے بغیر انسان نرا گدھا رہتا ہے۔ وہ میٹرک کے بعد اپنے بچوں کو کوئی ہنر سکھانا چاہتے تھے۔ تا کہ ان کے بچے زندگی بھر ان کی طرح ساڑھے تین ہزار کے بابو ہی نہ بنے رہیں۔ خلیل بابو کی بیوی ساجدہ بڑی سمجھدار گھریلو اور شوہر کی وفادار خاتون تھیں۔ انھیں معلوم تھا کہ ان کے شوہر کی زندگی کی سب سے بڑی آرزو روضہ اقدس کی زیارت ہے۔ خلیل بابوں نہ نمازی تھے نہ پرہیز گاروں میں ان کا شمار ہوتا تھا وہ نماز عموماً بڑی عید اور چھوٹی عید پر ہی پڑھتے تھے لیکن اگر انھیں پتہ چلتا تھا کہ کہیں محفل قوالی ہے تو وہ سارے کام چھوڑ کر قوالی کی محفل میں پہنچ جاتے اور جب قوال روضہ رسول کی زیارت کے حوالے سے کوئی کلام سناتا تو خلیل بابو کے لیے اپنے آپ کو قابو میں رکھنا مشکل ہو جاتا ان پر وجد کی ایسی کیفیت طاری ہو جاتی کہ ساری محفل زیر وزیر ہو جاتی اس لیے اب لوگ انھیں عاشق مدینہ کہتے تھے۔

خلیل بابو روضہ رسول کے تصور میں ہر وقت کھوئے رہتے لیکن ان کی ایک خوبی یہ تھی کہ وہ اپنی گھریلو ذمہ داریوں سے کبھی پہلو تھی نہیں کرتے تھے۔ انھیں اس بات کا ہر وقت افسوس رہتا کہ وہ اپنے بیوی بچوں اور اپنی بوڑھی ماں کو نہ اچھا کھلا سکتے ہیں نہ اچھا پہنا سکتے ہیں لیکن پھر انھیں یہ سوچ کر تسلی ہو جاتی کہ وہ اکیلے ہی اس مصیبت میں مبتلا نہیں بلکہ ہزاروں، لاکھوں خاندان روٹی کپڑے کی جستجو سے باہر نہیں نکل سکے ہیں۔ بلکہ بے شمار خاندان ایسے بھی ہیں جنھیں دال روٹی بھی نصیب نہیں۔ اس اطمینان کے باوجود

آسمانی سلطانی سے مقابلے کے لیے اور دو بڑی عیدوں پر نئے کپڑے وغیرہ کی خریداری کے کیے الگ محنت کرتے تھے۔ وہ کھڈی کا کام جانتے تھے۔ ہر ماہ وہ کسی کھڈی پر چار پانچ نائٹ لگا کر سات آٹھ روپئے سو پیدا کر لیتے تھے اور رمضان میں وہ آدھے رمضان سے زیادہ نائٹ لگا کر اپنے بیوی ماں اور بچوں کے لیے نئے کپڑوں، جوتوں کا بندوبست کر لیتے تھے۔ وہ آسمان سلطانی کے لیے ہر ماہ جو سات آٹھ سو روپئے پیدا کر لیتے تھے وہی اکثر ان کی بچت ہوتی کیوں کہ ان کے بچے عام طور پر بیماری وغیرہ سے طاہرہ کی معقول دیکھ بھال کی وجہ سے بچے رہتے تھے۔ بینک میں جو اکیس ہزار روپئے جمع تھے وہ اسی آسمانی سلطانی سے بچ جانے ولا پیسہ تھا۔

خلیل بابو ہر چار چھ ماہ بعد کسی ٹریول ایجنسی جا کر جدّہ کے ریٹرن ٹکٹ کی قیمت کے بارے میں ضرور پتہ کرتے رہتے کیوں کہ انھیں ہمیشہ یہ ڈر لگا رہتا کہ کہیں ایئرلائن والے اپنے کرایوں میں اضافہ نہ کر دیں۔ جب انھوں نے پہلی بار عمرے کے لیے بینک میں پانچ سو روپئے جمع کرائے تھے تو اس وقت جدہ کا ریٹرن ٹکٹ اٹھارہ ہزار روپئے کا تھا جو سات سال میں بڑھ کر پچیس ہزار روپئے کا ہو گیا تھا۔ ہر بجٹ کے موقع پر وہ خدا سے یہی دعا کرتے تھے کہ ایئرلائنوں کے کرایہ میں اضافہ نہ ہو۔ اب جب کہ ریٹرن ٹکٹ کے لیے صرف چار ہزار روپیوں کی کمی رہ گئی تھی تو انھیں یوں محسوس ہو رہا تھا کہ وہ تیزی سے روضہ رسول کے قریب ہوتے جا رہے ہیں۔ آفس میں خلیل بابو کے ذمہ ڈیج کا کام تھا۔ اس کام میں کسی قسم کی اوپر کی آمدنی نہ تھی۔ ڈیچ کے کولہو پر وہ تقریباً گیارہ سال سے آنکھوں پر کالا چشمہ لگائے گھوم رہے تھے۔ اسے اتفاق کہئے یا حسن اتفاق کہ نئی سرکار نے کرپشن کو روکنے کے لیے سرکاری محکموں کے کارندوں کا ٹرانسفر ڈسپیچ سے بلنگ سیکشن میں کر دیا۔ اس شعبے کے بارے میں عام خیال یہ تھا کہ یہاں چپراسی سے لے کر چیف

اکاؤنٹنٹ تک سب کماتے ہیں بلنگ کے شعبے میں اپنی نئی سیٹ سنبھالے ہوئے انھیں دوسرا ہفتہ ہو رہا تھا۔ کچھ ٹھیکیداروں کے اشاروں کنایوں میں خلیل بابو کو چھوٹی موٹی پیش کش بھی کی تھیں پھر اس شعبے میں جو چپراسی تھا وہ بڑا گھاگ تھا اس نے خلیل بابو کو سمجھا دیا تاکہ اگر وہ ہوشیاری سے کام کریں تو ہر ماہ ان کی آمدنی میں اچھا اضافہ ہو جائے گا۔

خلیل بابوں آج کل بڑے ششش و پنج میں مبتلا تھے۔ روضہ رسول کی زیارت کی بیقراری ہوائی جہاز کے کرایوں میں اضافے کا خطرہ۔ پھر چپراسی ولی محمد نے انھیں ایک دن یاد دلایا کہ بابو پچیس ہزار روپیہ تو ریٹرن ٹکٹ ہی پر اٹھ جائے گا وہاں مکہ سے مدینہ جانے رہنے کھانے پینے پر بھی خرچ آئے گا۔ اگر بڑی احتیاط سے بلکہ انتہائی کنجوسی سے بھی خرچ کیا جائے یو پانچ سات ہزار روپئے پاس ہونے چاہئیں۔ چپراسی ولی محمد نے جس بات کی طرف اشارہ کیا تھا اس پر خلیل بابو نے کبھی دھیان ہی نہیں دیا تھا۔ جب سے ولی محمد نے مزید پانچ سات ہزار روپئے کا خرچ بتایا تھا وہ ایک نئی پریشانی میں مبتلا ہو گئے تھے۔ بلکہ اس پریشانی نے ان کی راتوں کی نیند حرام کر دی تھی۔ جب خلیل بابو کی راتوں کی نیند حرام ہوئی تو انہوں نے فیصلہ کر لیا کہ ولی محمد کے مشورہ پر عمل کے علاوہ اب کوئی چارہ نہیں۔ سو اس طرح انھوں نے کچھ مزید پیسہ جمع کرنا شروع کر دیا۔ جب بھی کسی ٹھیکیدار کا بل ملتا تو ٹھیکیدار دو تین سو روپئے خلیل بابو کی دراز میں ڈال دیتے۔ جب خلیل بابو نے ایک ماہ کے بعد حساب جوڑا تو مارے خوشی کے ان کی آنکھوں میں آنسو آ گئے۔ ایک ماہ میں انہیں ڈھائی ہزار روپئے کی زائد آمدنی ہوئی تھی۔ یعنی اب ان کے اکاؤنٹ میں ساڑھے تئیس ہزار روپئے جمع ہو گئے تھے۔ اب تو انھیں یقین ہو گیا کہ بس دو تین ماہ میں وہ پی آئی اے کی پرواز پر جدہ جا رہے ہوں گے۔

یہ رجب کا مہینہ تھا۔ رمضان اور رجب کے درمیان صرف شعبان کا ایک مہینہ رہ

گیا تھا۔ ساجدہ نے ایک رات بڑے خوشگوار لمحوں میں اپنے شوہر سے کہا۔ اب آپ کو جدہ جانے کی تیاری شروع کر دینا چاہیے۔ ساجدہ نے ساتھ ساتھ ایک فرمائش بھی کر ڈالی کہ سارا دن گھر بھائیں بھائیں کرتا ہے یا بس ماں کی کھانسی اور بچوں کے رونے کی آواز سنائی دیتی ہے اگر عمرے سے واپسی پر اور کچھ نہ لا سکوں تو کم از کم ایک ٹیپ ریکارڈ ہی لے آنا کہ گھر کا سونا پن تو کسی طرح ختم ہو۔ بات معقول تھی سو خلیل بابو نے بیوی سے وعدہ کر لیا کہ عمرے سے واپسی میں ایک ٹیپ ریکارڈ ضرور لائیں گے!

دیکھتے دیکھتے شعبان کا مہینہ گزر گیا۔ شعبان کی 27 کو زکوٰۃ کی کٹوتی سے بچنے کے لیے جب انھوں نے بینک سے اپنی بچت کا پے آرڈر بنایا تو خوشی سے ان کا دل زور زور سے دھڑکنے لگا۔ ان کے ہاتھ ٹیں انتیس ہزار روپئے کا پے آرڈر تھا۔ یعنی ریٹرن ٹکٹ کے بعد ان کے پاس اب چار ہزار روپئے فاضل تھے۔ اس دن وہ رات بھر سوئے نہیں۔ بس نیند ہی نہیں آئی۔ دوسرے دن وہ آفس سے سیدھے بندر روڈ پر میمن مسجد گئے جہاں احرام فروخت ہوتے تھے انھوں نے ایک احرام خرید لیا۔ لٹھے کی دو چادروں پر مشتمل احرام پر ان کے پانچ سو روپئے اُٹھ گئے انھوں نے دل میں سوچا چور بازار کی جڑیں کہاں کہاں پہنچ گئی ہیں۔

یہ رمضان کی گیارہ تاریخ تھی آفس میں انھیں دیر تک کام کرنا پڑا تھا رات کے تقریباً نو بج رہے تھے آج ایک ٹھیکیدار کا ایک بڑا بل انھوں نے پاس کروایا تھا۔ ٹھیکیدار کے ہزار روپئے کا کرارہ نوٹ ان کی میز کی دراز میں ڈالا تھا۔ جب وہ رات نو بجے آفس سے اٹھے تو ان کی جیب میں ہزار کا کرارہ نوٹ تھا۔ آج زندگی میں پہلی بار ان کا دل چاہا کہ کسی اچھے ہوٹل میں پیٹ بھر کھانا کھائیں۔ کیا انہیں کسی اچھے ہوٹل میں سوا سو روپئے کا کھانا کھانے کی عیاشی کرنا چاہیے؟ وہ اسی مسئلہ پر غور کرتے ہوئے پیدل ہی صدر کی

طرف چل رہے تھے کہ آرام باغ کے بس اسٹاپ سے تھوڑا سا آگے اچانک کسی نے انھیں آواز دی!

بابو جی۔۔۔۔ وہ ٹھٹک کر رک گئے انہوں نے دیکھا ایک جوان اور خوبصورت لڑکی کالا برقعہ اوڑھے ان کے قریب کھڑی تھی۔

کیا آپ نے مجھ سے کچھ کہا۔ خلیل بابو نے لڑکی کی طرف سوالیہ نظروں سے دیکھتے ہوئے کہا۔

جی ہاں۔ میں نے آپ ہی کو زحمت دی ہے۔ لڑکی نے شُستہ اردو میں کہا۔

فرمایئے۔ میں آپ کی کیا خدمت کر سکتا ہوں۔

بابو جی اطمنان رکھیئے مجھسے آپ کو کوئی نقصان نہیں پہنچے گا میں ایک دُکھی لڑکی ہوں اگر آپ کہیں تھوڑی دیر بیٹھ جائیں تو میں آپ کو اپنا دُکھ سناؤں گی۔ اگر آپکا دل چاہے تو میری مدد کر دینا ورنہ کوئی جبر نہیں۔ لڑکی کی خوبصورت آنکھوں سے آنسو بہنے لگے۔ خلیل بابو کی حالت عجیب ہو رہی تھی وہ فیصلہ نہیں کر پا رہے تھے کہ ان کا رویہ کیا ہونا چاہیے۔ لیکن لڑکی بہت معصوم اور دُکھی لگ رہی تھی۔ خلیل بابو کو پتہ تھا کہ آج کل شہر میں ہونے والے جرائم چوری ڈکیتی رہزنیوں وغیرہ میں نوجوان اور خوبصورت لڑکیاں بھی شامل ہیں سو وہ عجیب کشمکش میں مبتلا تھے۔

بابو صاحب۔۔۔۔ اطمینان رکھیئے میں کوئی دھوکے باز لڑکی نہیں ہوں میں ایک بہت بڑی مصیبت میں پھنسی ہوئی ہوں۔ میں ایک جہنم میں زبردستی پھینکی گئی ایسی بے گناہ لڑکی ہوں جسے سر سے پاؤں تک گناہوں میں لت پت کر دیا گیا ہے۔"

جانے کیوں خلیل بابو کو اس لڑکی کی باتوں میں سچائی کیوں نظر آرہی تھی انہوں نے کہا۔

"ٹھیک ہے لیکن کہاں بیٹھا جائے۔؟"

"جی اگر آپ کو تکلیف نہ ہو تو قائد اعظم کی مزار پر چلیں وہاں بڑی خالی جگہ ہے میں اطمینان سے اپنا دُکھ بتا سکتی ہوں۔"

چلو۔۔۔وہ رکشہ میں قائد کے مزار کی طرف چل پڑے۔

پندرہ بیس منٹ کے بعد دونوں جب مزار قائد اعظم کے ایک گوشے میں بیٹھ گئے تو لڑکی نے بولنا شروع کیا۔

میرا نام رضیہ ہے۔۔۔ میں بھاولپور کے قریب ایک گاؤں کی رہنے والی ہوں۔ میری عمر کوئی 21 سال ہے۔ میرے چار بھائی تھے۔ بڑے بھائی کا نام بشیر ہے وہ مجھے کوئی ڈیڑھ سال بڑا ہے۔ مجھ سے تین بھائی چھوٹے تھے اور ایک بہن ہے۔ جو مجھ سے تین برس چھوٹی ہے۔ میرا باپ چودھری احمد یار خاں کا مزارع ہے۔ وہ چودھری کے کھیتوں پر کام کرتا ہے۔ میرے دو بھائی جن ک عمریں 17 اور 19 برس کی تھیں ابھی دو ماہ پہلے کشمیر کے محاذ پر شہید ہو گئے۔ وہ ملک کی ایک مشہور مذہبی جماعت کے انتہائی جذباتی کارکن تھے۔ جب انھیں کشمیر کے محاذ پر جانے کا حکم ملا تو وہ خاموشی سے چلے گئے اور وہاں لڑتے ہوئے خاموشی سے شہید ہو گئے۔ دو جوان بیٹوں کی موت کے غم کے میرے باپ اور بوڑھی ماں کو زندہ درگور کر دیا۔ اب وہ دونوں زندہ لاشوں میں بدل گئے ہیں۔ وہ کسی سے کچھ بولتے نہیں بس خاموش، کسی کونے میں پڑے رہتے ہیں۔ میرے باپ نے مجھ سے بڑی بہن کی شادی کے لیے جو شادی کے صرف دو سال بعد مر گئی چودھری احمد یار سے پندرہ ہزار کا قرض لیا تھا۔ جو اب پچیس ہزار ہو گیا تھا۔ چوہدری نے پندرہ ہزار روپے قرض کے عوض ہمارا گھر رہن رکھ لیا تھا۔ اب اس کا کہنا ہے کہ اگر قرض جلد ادا نہیں کیا جائے گا تو وہ ہمیں گھر سے نکال دے گا۔ ہمارا گھر بڑا تو نہیں ہے لیکن ہمارے خاندان کی

گزر بسر کے لیے کافی ہے۔ اس کے چھن جانے کا خطرہ سر پر دیکھ کر ہم سب پریشان تھے۔ میرا بھائی اعجاز ایک اچھا کارپنیٹر ہے۔ لیکن گاؤں میں اس کا کام نہیں چلتا۔ اس نے بھاولپور جا کر ایک ایجنسی سے بات کی ہے جو اسے سعودی عرب بھیجنے کے لیے تیار ہے لیکن وہ چالیس ہزار روپئے مانگ رہے ہیں۔ ان کا کہنا ہے کہ چالیس ہزار روپے وہ سعودی عرب کی اس کمپنی سے قسطوں میں لے لیں گے جہاں اعجاز کو ملازمت دلائی جارہی ہے البتہ جدہ کے ٹکٹ کے پیسے وہ نقد مانگتے ہیں۔ اگر اعجاز سعودی عرب چلا گیا تو نہ صرف ہمارا گھر چودھری احمد یار کی دست بُرد سے بچ جائے گا بلکہ ہمارا خاندان بھی معاش مشکلات سے نکل آئے گا۔ میری ایک خالہ کراچی میں رہتی ہے اس کا شوہر یہاں کپڑے کا کاروبار کرتا ہے۔ میرے بھائی اور بہنوئی نے مجھے کراچی بھیجا کہ کسی طرح خالہ کو راضی کر کے ٹکٹ کے پیسوں کا بندوبست کروں۔ میں ان پیسوں کے عوض اس وقت تک خالہ کی تحویل میں رہنے کے لیے تیار تھی۔ جب تک اعجاز ادائیگی نہ کر دے۔ لیکن رضیہ پھر پھوٹ پھوٹ کر رونے لگی۔ میں بڑی مشکلوں سے ٹکٹ لے کر جب کراچی پہنچی تو رات کے ایک بج رہا تھا۔ میں کینٹ اسٹیشن پر پریشان کھڑی تھی کہ ایک شخص نے مجھ سے الٹے سیدھے سوال شروع کر دیے۔ میں پہلے ہی گھبرائی ہوئی تھی اس کے سوالوں کا جواب نہ دے سکی وہ مجھے پولیس اسٹیشن لے گیا۔ جہاں مجھے ایک گھنٹے تک رکھا گیا اس کے بعد مجھے ایک ٹیکسی میں بٹھا کر ایک بنگلے میں لے جایا گیا۔ جہاں تین افسروں نے میر عزت لوٹ لی۔ یہ سارا واقعہ ایک ڈرامے کی طرح پیش آگیا۔ میں رونے کے علاوہ کچھ نہ کر سکی۔ ان لوگوں نے تین دن مجھے اپنی قید میں رکھا۔ میں نے انھیں رو رو کر اپنی داستان سنائی لیکن وہ شراب پی کر قہقہے لگاتے رہے۔ انھوں نے زبردستی مجھے بھی شراب پلائی۔ وہ ایک بار پھر پھوٹ پھوٹ کر رونے لگی۔ خلیل بابو حیرت سے اس کی طرف دیکھے جارہے تھے۔

بابو۔۔۔ تین دن کے بعد ان درندوں نے مجھے یہ کہہ کر سر شام قائد اعظم کے مزار کے قریب چھوڑ دیا کہ اگر بھائی کے لیے ٹکٹ کے پیسے اکٹھے کرنا ہے تو دوبارہ واپس آ جانا۔ میں اپنی خالہ کے گھر پہنچی اور میں نے انھیں بتایا کہ مجھ پر پچھلے تین دنوں میں کیا کیا مظالم ہوئے۔

بابو خالہ اور خالو نے مجھے آوارہ کہہ کر گھر سے نکال دیا۔ اب نہ میرے پاس واپس گاؤں جانے کا کرایہ ہے نہ اپنے بھائی کو سعودی عرب بھیجنے کے لیے پچیس ہزار روپئے۔ میں گھر سے نکل کر اسٹیشن جانے کے لیے ادھر سے گزر رہی تھی آپ مجھے ایک مہربان شخص نظر آئے میں نے سوچا آپ کو اپنا دُکھ سناؤں۔ مجھے پتہ ہے کہ آج کل کوئی کسی کو دس روپئے نہیں دیتا لیکن میرے لیے اب سوائے اس کے کوئی دوسرا راستہ نہیں کہ یا تو تھانے جاکر ان کی مرضی کے مطابق جسم فروشی کروں یا کسی طرح اپنے گاؤں واپس جاؤں۔ لیکن میں اب گاؤں کیا صورت لے کر واپس جاؤں گی میں تو برباد ہو گئی۔ میں نے فیصلہ کر لیا کہ آج رات اپنے آپ کو سمندر کے حوالے کر دوں۔ اپنی جان دینے سے پہلے میں نے سوچا کہ ایک آخری کوشش کر لوں۔ سو میں نے آپ کو آواز دی۔ مجھے نہیں معلوم کہ آپکے مالی حالات کیسے ہیں۔ اگر آپ میری مدد کرنے کے قابل ہیں تو آپ میری مدد کریں۔ مجھے اپنے بھائی کو سعودی عرب بھجوانے کے لیے پچیس ہزار روپوں کی ضرورت ہے۔ میں ضمانت کے طور پر آپ کے گھر اس وقت تک رہنے کے لیے تیار ہوں جب تک کہ آپ کی رقم وصول نہ ہو جائے۔ رضیہ ایک بار پھر ہچکیاں لے کر رونے لگی۔

خلیل بابو کے چہرے پر ایک عجیب دھوپ چھاؤں سی مسکراہٹ پھیل گئی۔

رضیہ بی بی۔ میں نے سات آٹھ سال تک بچت کر کے بڑی مشکلوں سے جدہ ہی جانے کے لیے انتیس ہزار روپئے جمع کیے تھے لیکن آپ نے جو کہانی سنائی ہے اس کے بعد

میں نے فیصلہ کیا ہے کہ اب میں جدہ نہیں جاؤں گا۔ آپ کا بھائی جدہ جائے گا۔ آپ ایک دو دن میرے گھر رہیں میں چھٹی لیکر آپ کے ساتھ آپ کے گاؤں چلوں گا اور آپ کے بھائی کو جدہ کا ٹکٹ دلا دوں گا۔ خلیل بابو کی بات سن کر کر رضیہ نے خلیل بابو کے پیر چھونے کی کوشش کی لیکن خلیل بابو نے جلدی سے پیر کھینچ لیے۔

آؤ میرے ساتھ۔ گھر چلتے ہیں۔ دونوں کی آنکھوں میں آنسو تھے۔

دونوں بس پکڑنے کے لیے اسٹاپ کی طرف چلنے لگے!

خلیل بابو چلتے ہوئے سوچ رہے تھے۔ شاید سرکار کو ابھی میرا مدینے آنا پسند نہیں۔ لیکن احرام کا کیا کیا جائے؟

خلیل بابو نے سوچا۔ احرام رضیہ کے بھائی اعجاز کو دے دینا چاہیے۔ وہ سعودی عرب پہنچنے کے بعد پہلی فرصت میں عمرہ کرے گا۔ اور روضہ رسولؐ پر حاضری دے کر میرے ٹکٹ کے لیے دعا کرے گا۔ یہی ان کی شرط ہو گی۔ اب خلیل بابو کے چہرے پر بڑا اطمینان تھا۔ انھیں مدینہ جانے کا کوئی افسوس نہ تھا۔ رضیہ کی مدد کر کے وہ محسوس کر رہے تھے کہ انھوں نے حج اور عمرے سے بڑا کام کیا ہے۔ وہ اپنے آپ کو بہت بڑا انسان محسوس کر رہے تھے اور وہ اب واقعی ایک بڑے انسان تھے۔

***

مکرم نیاز کی مرتب کردہ کتاب

کہانیاں کہتے رہو

تعمیر نیوز ویب پورٹل سے منتخب شدہ کہانیاں

بین الاقوامی ایڈیشن منظر عام پر آچکا ہے